W0310372

CUORCODE

Amy Doak

Eleanor Jones non è un'assassina

Traduzione di *Lucia Fochi*

CAIRO

© Amy Doak, 2023

© 2024 RCS MediaGroup S.p.A., Milano
Proprietà letteraria riservata

Titolo originale:
Eleanor Jones Is Not A Murderer

ISBN 978-88-309-0346-3
Prima edizione: maggio 2024

ELEANOR JONES NON È UN'ASSASSINA

1

Prima di tutto vorrei mettere ben in chiaro una cosa: io non ho accoltellato nessuno.

Si possono dire un sacco di cose di me, ma di certo non che sono un'assassina. Chiaro? Se mi date un attimo facciamo un passo indietro, che vi spiego.

Il problema è stato l'autobus. Ovviamente mi tocca prenderlo visto che Min si ostina ad affittare case di merda in periferia, a prescindere da quale sia la città. Dice che è tutta una questione di prospettiva e di serenità e bla, bla, bla. Ma chi vuole prendere in giro? È che nessuno ci vuole vivere in quei posti e quindi costano poco. E per questo io devo per forza prendere l'autobus.

Però ho una mia teoria sugli autobus. Sono un ottimo sistema per studiare un territorio nuovo e il posto migliore in cui sedersi è in mezzo, lato finestrino. Non importa da che parte. Se ti dirigi dritto verso il fondo, allora vuoi marcare il territorio ed è come dichiarare che sei tu che comandi. Nessuno vuole attirare quel tipo di attenzione, specie il primo giorno. Prima settimana. Se ti siedi davanti, rimani bloccato lì per sempre: sguardo avanti a fissare la strada e l'autista per l'eternità. Se siedi in mezzo… be', diventi praticamente invisibile. Se gli altri non ti conoscono, si siederanno dovunque, ma non accanto a te; il che ti lascia la possibilità di metterti dalla parte del finestrino. Quella posizione è buona, soprattutto se il panorama è decente. Ma non lo è praticamente mai. Siamo onesti, le periferie di una città di solito sono aree industriali o campi incolti, o entrambe le cose. Quindi mi siedo di traverso, con la schiena appoggiata al vetro.

A dirla tutta, essere invisibile è tipo il mio superpotere. Quando sei nuovo, sembra che tutti ti notino e tutti ti stiano a guardare. E in effetti è così, ma non dura molto. Ti prendono le misure e poi ti etichettano come preferiscono. Devono capire se per loro sei una minaccia. Sei più interessante? Più intelligente? Più forte? O più divertente? Andrai a occupare il posto che loro si sono accaparrati per sé? Se non è così, se non fai nulla e se dai l'impressione di essere una persona normale e noiosa, passano oltre e in breve tempo si dimenticano di te. Quindi basta mantenere un profilo basso per qualche giorno, e il gioco è fatto.

Io poi sono una persona piuttosto ordinaria, e questo senza dubbio aiuta. Quel che voglio dire è che sono… media. I capelli sono medi, la pelle media, la statura media, la forma… Insomma avete capito, no? Sono una che passa inosservata. Invisibile.

Non è che non mi piacciono le persone o che non desideri farmi degli amici. È solo che voglio farlo a modo mio. Preferisco prima osservare e poi decidere con chi vale la pena di parlare. Alcuni sono cordiali sin dall'inizio. Altri non ti danno molto finché non capiscono che puoi far qualcosa per loro. Altri sono più tranquilli e non cercano persone nuove nella loro vita. Ci sta. Non m'importa. Stare prima a guardare e poi decidere funziona e si evitano inutili drammi. Fidatevi, dopo aver cambiato nove scuole negli ultimi cinque anni, di drammi ne ho vissuti a sufficienza per il resto della vita.

Dai, Eleanor, arriva al punto. Cosa c'entra tutto questo con il fatto che qualcuno è stato accoltellato? Ora ci arrivo. Tranquilli. Le seghe mentali sono la mia specialità. Ci farete l'abitudine.

Ma torniamo alla faccenda dell'autobus. Sedermi di traverso e fingere di leggere un libro mi permette di mappare il territorio. È sorprendente quanto parli la gente quando non sa o non le importa chi stia ascoltando. Come la ragazza due file dietro in diagonale, che si sposta in modo goffo sul sedile, come se avesse un sacco di cose da dire, ma troppa paura per farlo. Forse perché cerca di fare colpo sul ragazzo che ha dietro, che, posso dirlo chiaramente da qui, non ne vale proprio la pena. Poi ci sono le due ragazze e i tre tipi in fondo che ridono e cantano a voce alta con sorprendente sicurezza. Ma uno di loro finge. Lo so perché la sua risata non è genuina come quella degli altri. Lui si limita a fare come il gruppo. Non vorrebbe essere lì, ma si sente obbligato a starci. Uno di quei doveri fastidiosi. Ci si fissa sempre un po' troppo sui doveri.

So cosa state pensando: sei una tipa che ha tutto ben chiaro. E avete ragione. Non c'è molto che mi sorprende nella vita. Le persone sono tendenzialmente egoiste, nessuno sa cosa stanno facendo gli altri e tutti vogliono piacere. Si cerca tutti di sopravvivere.

E dopo tutte le mie disquisizioni su quanto sia saggio scegliere il posto in mezzo, lato finestrino, salta fuori che ci possono anche essere delle ricadute negative. In effetti se non fossi stata seduta lì, a metà dell'autobus, lato finestrino, ieri mattina non avrei notato Angus Marshall alle prese con gli appunti di biologia. Se non l'avessi notato, probabilmente non mi sarei sentita in dovere di offrirgli aiuto dopo la lezione, quello stesso giorno. E se non gliel'avessi offerto, il mio messaggino non sarebbe stato il più recente nel suo telefono ieri sera quando Angus è stato accoltellato.

E per mettere ben in chiaro la situazione, non sono stata io ad accoltellarlo.

Adesso sono sull'autobus, seduta nello stesso posto di ieri e l'unica cosa a cui riesco a pensare è la telefonata della polizia di ieri sera. Sergente Holly Williams. A dire la verità mi è sembrata carina. Non è che mi stava accusando di essere stata io ad accoltellare Angus, né niente del genere. Soprattutto quando le ho detto che frequento la Cooinda Secondary da meno di una settimana e Angus l'ho conosciuto solo ieri.

A proposito: Angus non è morto. Forse avrei dovuto dirlo sin dall'inizio. Però è in ospedale. Il sergente Holly Williams ha detto che è in coma indotto per via della pressione nel cervello causata dalla caduta e dalla botta alla testa. Dopo essere stato accoltellato. Ma a quanto pare sta bene. Il che è una buona notizia. Mi è sembrato un ragazzo simpatico.

Adesso sto andando a scuola, come se non fosse successo niente, anche se invece qualcosa è successo. E in un certo senso vorrei parlarne con qualcuno, ma visto e considerato il mio prudenziale metodo d'integrazione in una nuova scuola, del tipo "lasciami in pace finché non prendo le misure", al momento non ho amici. Ottimo lavoro Eleanor. Ben fatto.

«*Il giovane Holden*, eh?» La prima cosa che vedo è la zazzera di capelli biondi sul mio orizzonte visivo. Una persona sul sedile di fronte al mio. Sembra un ragazzo. Sorriso sghembo.

Abbasso lo sguardo sul libro che ho in mano, come se avessi dimenticato di averlo. Non mi aspettavo che qualcuno mi parlasse e d'un tratto non ricordo come si fa a strutturare una frase.

Un altro dei miei trucchi, oltre a essere media, è quello di farmi i fatti miei. Non c'è niente di più noioso di qualcuno che sta bene con se stesso. Faccio schifo a disegnare, ma ho un taccuino pieno di schizzi di alberi perché a nessuno interessano. E libri. Mi piace leggere, ma quando sono nuova in una città tiro fuori solo i classici. E il libro di oggi è per l'appunto *Il giovane Holden*. Non so cosa ci si possa trovare in persone detestabili e in J.D. Salinger, ma va bene lo stesso. Ho letto questo libro due anni fa perché la terapista da cui mi aveva mandato Min, dopo che papà se n'era andato l'ultima volta, mi aveva detto che leggere di persone che affrontano periodi complicati fa sentire meno soli. Forse mi sono persa qualcosa, ma non mi sono sentita meno sola dopo aver letto *Il giovane Holden*. Personalmente Holden Caulfield mi è parso un odioso marmocchio lagnoso e sbruffone.

Dato il mio pessimo giudizio, adesso il romanzo si trova nella lista di quelli che considero "libri test". Ho scoperto che alcuni lettori a quanto pare pensano di essere migliori, o più intelligenti degli altri, solo perché hanno letto alcune delle cose che certe persone fighe dicono che bisogna leggere. Per quanto mi riguarda ognuno deve leggere quel che gli interessa e non quel che deve. I doveri vanno proprio evitati. Se uno ha letto *Holden* e lo esalta solo per via di un articolo che lo definisce un *must*, sono piuttosto scettica. D'altra parte se uno non ne ha mai neppure sentito parlare, comincio a nutrire qualche dubbio sulla sua cultura. Lo so, lo so. Così risulto una tipa che spara sentenze. Ovviamente se uno mi dice che apprezza lo stile di Salinger, ma *Holden* non è il suo romanzo preferito, direi che posso iniziare una conversazione.

«Sei Eleanor Jones, vero?»

Ma chi cazzo è questo, che salta fuori da chissà dove e mi fa delle domande e nota che sto leggendo *Il giovane Holden*?

«Ma te chi sei?» Mi rendo conto di suonare un po' diretta e anche poco cortese, ma non posso farci niente. E mi dà fastidio il fatto di non riuscire a classificarlo. Ha una faccia e dei capelli che si notano, ma in un modo o nell'altro non ricordo di averlo già visto. Com'è possibile? Di solito sono molto brava.

«Troy Masterson» dice. Il sorriso cordiale trasuda sicurezza e la cosa mi manda in bestia. «Non ho mai letto *Holden*.» Solleva il mento in direzione del libro. «Ma a quanto pare è un classico.»

«Holden Caulfield è un coglione» rispondo.

«Giusto» dice lui con un cenno di assenso. «Forse è ora di cambiare libro?»

«Forse.»

«Ti sei trasferita nella vecchia casa dei Rodger, vero? Di fronte a quel che resta del parco giochi di Short Street.»

«E tu come lo sai?» Sempre piuttosto brusca.

Fa spallucce. «La città è piccola.»

Alzo gli occhi al cielo. «Come al solito.»

«Immagino che tu ti trasferisca spesso.» Lo sguardo è vivace. Sembra quasi che sia interessato a quel che ho da dire, anche se non è granché.

«Nove città negli ultimi cinque anni e mezzo» gli dico e poi mi preparo alla solita sfilza di domande: cosa fanno i tuoi genitori? Dove sei stata prima? Com'è spostarsi di continuo?

Invece lui mi sorprende. «E come ti sembra qui, in confronto?»

«Fino a ora? Mi sembra come tutti gli altri posti» rispondo sincera. Ed è vero. L'uniforme di scuola è di un altro colore e gli edifici un po' più sciatti, ma tutto il resto sembra come negli altri posti in cui ho vissuto.

«Sul serio?» Troy solleva un sopracciglio. «Anche negli altri posti dei ragazzini assolutamente normali vengono accoltellati mentre tornano a casa da scuola?»

«Un momento… cosa?» Non mi ero per niente accorta che era lì che voleva arrivare.

«Angus Marshall. Parlavi con lui ieri mattina. E poi dopo anche a biologia. Non sono in molti alla Cooinda Secondary a parlare con Angus Marshall, sai?»

«No che non lo so. E tu come fai a sapere che è stato accoltellato?»

«Io so tutto.» Troy incrocia le braccia e si appoggia con la schiena al finestrino, quindi adesso è come se fossimo uno di fianco all'altra, e non mi piace. Voglio cambiare posizione, ma così gli farei credere che è lui a comandare. Non esiste.

Aspetta qualche secondo, come se fossi io a dover dire qualcosa, ma io non ho niente da dire. In realtà, sì. Ho un sacco di cose da dire, ma non so da dove cominciare. Prendo un pensiero a caso dal casino che ho in testa e parto da lì.

«Tu sei amico di Angus?»

Lui esita e per un istante non sembra poi così sfacciato. «Lo conosco da sempre.»

«Non è la risposta alla mia domanda.»

Lui sospira. «No, direi che non siamo amici. Non usciamo insieme, tipo. Angus non esce con nessuno.»

«Quindi a parlare con lui due volte nello stesso giorno, mi sono fatta notare?» Merda, dovrò tenerlo a mente per la prossima scuola.

«Puoi ben dirlo.» Gli occhi vispi sono di nuovo lì. «Cosa vi siete detti?»

Ci penso un attimo e mi chiedo se abbiamo parlato

di altro a parte l'ovvio. Ma no. «La genetica di Mendel» rispondo.

Troy mi fissa assente, quindi aggiungo qualcosa. «Incroci monoibridi, nello specifico.»

Ancora niente.

«Biologia del secondo semestre» dico. Lancio un salvagente allo scemo. Tombola. La luce ritorna.

«E basta?»

«E basta. Mi spiace, non ho niente di più eccitante da offrirti. Era seduto lì ieri mattina.» Sollevo il mento in direzione di Troy. «Ho buttato l'occhio sui suoi appunti e mi sembrava un po' perso. La stessa quantità di nozioni di base che hai tu, direi. Durante la lezione gli hanno fatto una domanda e lui ha fatto scena muta, e allora gli ho detto che potevo aiutarlo e ci siamo messi insieme per un progetto. Avevo degli appunti della vecchia scuola. Quelle cose le ho fatte lo scorso semestre, laggiù.»

«Quindi gli hai mandato un messaggio con il tuo contatto.» Troy annuisce lentamente.

«Te lo chiedo un'altra volta: tu come lo sai?» Non mi piace che qualcuno sappia più cose di me di quante io non ne sappia di lui. «E non tirare fuori la storia che "la città è piccola" perché dimostri di sapere dettagli molto specifici, non credi?»

Troy guarda su e giù per l'autobus prima di rispondere: «Prometti di non dirlo a nessuno?».

«Solo agli amici che ho qui» dico. Ma è serio?

«Cioè, non lo devi dire a Holly se viene ancora a parlare con te, okay?»

«Il sergente Holly Williams.» Batto il libro sullo schienale. «Questa parla fuori scuola con adolescenti a caso? Molto poco professionale.»

«Era la nostra vicina di casa. Mi faceva da baby-sitter. E mi fa il culo se scopre che io so questa cosa. Ne ha parlato con mia madre l'altra sera e io ho origliato.»

«E cosa c'entra tua madre con questa storia?» Anche le madri a caso sembrano molto poco professionali.

«Mia madre è il sindaco.»

«Il sindaco? Di tutta la città?» Questo non l'avevo previsto.

Troy annuisce. «La mamma e Holly sono preoccupate. È il terzo ragazzo che viene accoltellato in città nelle ultime due settimane. Angus è l'unico a essere sopravvissuto, ma ovviamente adesso non è in condizione di dire chi è stato.»

«Cosa? E chi altro è stato accoltellato? Ma che posto è questo?» Sento la voce prendere un tono stridulo che non mi piace per niente. Ma dai! Accoltellati? Più di uno?

«È così. Gli altri due erano un po' più grandi. Diciott'anni, scuola finita. Tutti e due avevano problemi di droga, quindi la polizia ha pensato che c'entrasse quella. Non ne hanno parlato nemmeno nel notiziario locale. Ma Angus...» Troy storce il naso e scuote la testa. «Non esiste.»

«E quindi sarà stata la nuova arrivata in città.»

«Ma non l'ho detto... non intendevo mica quello...»

«A dire la verità, mi sento un po' offesa.»

«Be'... io...» Troy può farfugliare quanto vuole, ma non si torna indietro. Quel che è detto, è detto.

«Cioè» continuo, «lo so che ci siamo appena conosciuti e quindi non puoi saperlo, ma se volessi uccidere qualcuno, il coltello sarebbe l'ultima delle mie scelte. Sporca ed è poco affidabile.»

L'autobus si ferma con un sobbalzo e ci fa perdere l'equilibrio, ma Troy continua a tenere lo sguardo fisso su di me e io non riesco a capire cosa pensa. Volevo un po' scuoterlo con il mio commento, ma lui fa una smorfia che sembra quasi stia trattenendo una risata, e io non sono abituata a essere quella divertente del gruppo. Devo riorganizzare le truppe. Di solito evito di unirmi alla calca di gente che scende dall'autobus scolastico. Davvero, non capisco perché devono ammassarsi nel corridoio, quando potrebbero rimanere seduti fino al momento in cui è possibile scendere senza spingersi. Non capisco tutta 'sta fretta di arrivare in classe. Ma questo tizio sta facendo vacillare tutte le mie filosofie scolastiche. Ora di smammare.

«Ci vediamo» gli dico mentre afferro la borsa e mi fiondo nel corridoio.

2

Non faccio neppure in tempo a passare il cancello della scuola che lui mi raggiunge. Cammino abbastanza svelta, ma la sua falcata è più lunga della mia e sembra non essersi accorto che non sono esattamente in vena di conversazioni.

«Quindi tu come faresti?» chiede Troy.

«Come farei, cosa?» Sto ancora cercando di orientarmi in questa scuola nuova che, come tutte le mie vecchie scuole, è stata costruita senza un reale progetto di espansione. Il che significa che sono edifici aggiunti ad altri edifici e il tutto assomiglia a una tana di conigli o al formicaio che avevo da piccola. Forse fa parte delle sfide della scuola superiore, per mettere alla prova la nostra consapevolezza spaziale e la capacità di muoverci in ambienti in costante mutamento.

«Come la uccideresti tu, una persona?»

Oh. Quello. È insistente.

Faccio spallucce, cercando di ricordare quale direzione devo prendere per trovare il mio armadietto.

«Veleno, probabilmente. Più difficile da trovare. L'accoltellamento sembra anche più premeditato... quante persone vanno in giro con un coltello in tasca?» Sento il cervello partire per la tangente, verso un'inutile inchiesta collaterale. «Mi chiedo cosa dicono le statistiche in proposito.»

«Ciao!» Un'altra persona che non conosco viene dritta verso di me. Cos'è questa storia che improvvisamente tutti vogliono socializzare? Questo è più basso di me; capelli neri dritti e vaporosi sparati in testa e una spruzzata di lentiggini in faccia. Intuisco dall'espressione impaziente e dal tono del suo «ciao» che è un chiacchierone e la cosa non mi esalta. Quelli che parlano troppo mi stancano.

«Troy! Troy!» Percepisco l'entusiasmo del tizio prima ancora che ci raggiunga. Ha un gran sorriso, ma per fortuna non è rivolto a me.

«Ciao, Alfie.»

Guardo Troy mentre saluta il suo spumeggiante amico dai capelli sparati con una strana sequenza di movimenti delle mani.

«Hai sentito?» Capelli-sparati non si è accorto di me. «Angus Marshall è in coma!»

Troy mi lancia uno sguardo di sbieco e io fingo di non vederlo. Non voglio attirare l'attenzione.

«Sì» dice Troy «ho sentito.»

Capelli-sparati continua a parlare come una mitraglia, quasi non avesse registrato la risposta di Troy. «Il fratello grande di Claire Watson lavora con il padre di Angus che stamattina ha saltato il turno perché è all'ospedale con lui, e Claire ha mandato un messaggino a Isabel Jenkins, che poi ha scritto a Millie che me l'ha detto. Mentre venivamo a scuola. Abbiamo fatto quasi tutta la strada insieme... noi due da soli.»

Al nome di "Millie" lo sguardo di Troy si trasforma in un ghigno, e a quanto pare capelli-sparati nota che io me ne sono accorta perché all'improvviso registra la mia presenza.

«Tu sei Eleanor Jones!» dichiara capelli-sparati e il volume della sua voce mi destabilizza un po'.

«Esatto» rispondo.

«Sono Alfie Ryan.» Allunga una mano e la tiene lì ferma e io mi rendo conto che non ho alternativa se non quella di stringerla. «In realtà è Alfred. Ma nessuno mi chiama così, a parte mia madre. E non solo quando si arrabbia. Mi chiama sempre così. Ma ci credi?»

«Difficile.» Mollo la mano e cerco di svincolare, ma lui mi blocca il passaggio e non smette di parlare.

«So cosa stai pensando. Non si è mai sentito di un ragazzo asiatico con un nome come Alfred Ryan. O con le lentiggini, no? Dico bene?»

Be', caro il mio Alfie, stavo pensando che non ho mai incontrato un sedicenne che parli così tanto, ma è una bella mossa quella di focalizzare la mia attenzione sui tuoi difetti evidenti. È più difficile venire presi per il culo per qualcosa che sei tu stesso a far notare agli altri. Ma ovviamente non dico niente. Sorrido educata e mi detesto, perché è una di quelle cose che le ragazze fanno e i ragazzi invece no. E non so neppure perché lo sto facendo visto che non me ne frega proprio niente di quel che possono pensare di me, e inoltre Alfie continua a parlare.

«Mia madre è cinese, ma mio padre è irlandese. Immaginerai bene che la mia è una famiglia con qualche differenza culturale… e puoi ben dirlo. Comunque la cosa spiega le lentiggini. Mio padre ne ha un sacco. Però io assomiglio a mia madre. Più che altro per i capelli.»

«Ehm, Alfie?» Ha fatto una pausa per respirare e approfitto di quel microsecondo per tagliarlo. «Troy? Ci vediamo.»

Prima che possano rispondere faccio un passo verso sinistra e sfreccio via, passando accanto ad Alfie. Tutta questa interazione mi ha destabilizzata e la mia perfetta strategia di ingresso in una nuova scuola si sta sbriciolando come uno di quei biscotti schifosi che Min prova a fare quando si sente particolarmente casalinga.

Una volta Min mi ha chiesto se mi dava fastidio traslocare così spesso. Ricominciare sempre da capo a conoscere nuovi amici e a orientarsi nelle città. Le ho detto di no, e a quell'epoca credo lo pensassi davvero. In un certo senso, avere la possibilità di ricominciare è una bella cosa. Nelle prime scuole in cui sono andata ho cercato di costruire nuovi personaggi. Una volta ero "la ragazza divertente", poi "la simpatica", poi "quella intelligente" o "quella sportiva" e c'è stata anche una volta che ho convinto Min a sganciare un sacco di soldi per comprarmi vestiti e accessori nuovi per essere "la ragazza alla moda". Il fatto però è che io non sono nessuna di quelle, quindi in definitiva incasinavo sempre tutto. Le persone ci mettono poco a capire che stai solo fingendo e alla fine si arrabbiano o sono deluse, o entrambe le cose.

A quel punto ho deciso di essere "la ragazza tranquilla", il che non andava male, ma le persone pensavano che fossi molto più carina di quanto io non sia. Supponevano che fossi semplicemente timida, quindi ce la mettevano tutta per dimostrarsi amichevoli con me. Poi alla fine si incazzavano perché, dopo tanti sforzi, io non rispondevo. Comunque, dopo tutte queste scuole e le varie personalità che ho sperimentato, sono stata costretta ad accettare il fatto che io sono io. E questa volta ho deciso di smettere di fare tentativi. Tanto non starò qui per molto.

Alla fine, a furia di vagare ho trovato il mio armadietto, ma ora ho perso l'aula. La prima materia di stamattina è la stessa dell'ultima ora di ieri: biologia. Senza però il mio nuovo compagno di studi, Angus Marshall. Fantastico.

3

Il prof di biologia si chiama Natale, di cognome (un altro dei vantaggi di frequentare sempre scuole diverse è che ti ritrovi con competenze di base in almeno sei diverse lingue, quindi io conosco il significato di quella parola in italiano), tuttavia il tipo non è molto festoso.

Al prof non importa granché che io abbia cinque minuti di ritardo e nemmeno che io sia nuova.

«È qui da quasi una settimana, signorina Jones» mi apostrofa mentre io cerco di scusarmi. «Si metta al lavoro. Dov'è il suo compagno per il progetto?»

«Ehm, è Angus Marshall» spiego. «Che a quanto pare stamattina non c'è.»

Difficile interpretare la sua espressione, ma il tono si ammorbidisce mentre parla. «Ah, sì, capisco. Perché non si sposta là in fondo a lavorare con la signorina Chandra? Namita, fai spazio a Eleanor, per favore.»

Mi chiedo se sappia la storia dello studente accoltellato. Probabilmente sì. Se il sindaco, suo figlio e chiunque sia Millie ne sono al corrente, è plausibile che lo sia anche il professore di biologia.

Guardo verso il fondo dell'aula chiedendomi chi possa essere Namita Chandra, e ci metto meno di un secondo a capirlo. Una ragazza dai capelli neri assurdamente lucidi solleva gli occhi al cielo. È piuttosto evidente che non le va di lavorare in coppia con me, e forse con nessun altro, visto che il suo banco è completamente coperto di libri, quaderni, penne e altre cose.

Mi siedo sullo sgabello accanto a lei e mi avvicino al suo libro degli esercizi. Non c'è spazio per il mio, quindi dovrò condividere.

Lei mi guarda e chiude il libro.

«Sono Namita» dice. «Preferisco lavorare da sola.»

Ma dai, non me n'ero accorta.

«Eleanor» rispondo. «Anch'io preferisco.»

«Per ora ho il massimo dei voti in questa materia.» La voce calma e morbida di Namita è in contrasto con le parole che le escono di bocca, che sono una minaccia neanche troppo velata. «Non ho bisogno che una nuova arrivata mi rovini tutto.»

«Rilassati, davvero» le dico. «Io l'ho già fatta tutta questa roba nell'ultima scuola e ho preso un A+. Potrei spiegarti anche qualcosa.»

Namita solleva un sopracciglio perfettamente profilato. «Perché ti sei messa in coppia con Angus allora? Quelli che si mettono con lui è perché vogliono un bel voto senza sbattersi troppo.»

«Senza sbattersi?» Cerco di nascondere la mia sorpresa.

«Ovvio» dice lei, come se io dovessi saperlo. «È il più intelligente della scuola, oltre a me cioè. Però è un po'... strano.»

Da che pulpito viene la predica!

«Comunque» continua Namita «non ha molti amici e quelli che stanno con lui sembra che lo facciano solo per prendere un bel voto in una qualche materia.»

«Be', io non ne sapevo niente» rispondo, senza nessuna ragione per dovermi giustificare con questa smorfiosa. «Mi era sembrato gentile.»

Tengo i libri in equilibrio sulle gambe e cerco di non farli cadere a terra mentre scartabello tra gli appunti di biologia.

«*Il giovane Holden.*» Namita ha notato il romanzo tra la pila di libri e lo prende, rischiando di farmi cadere tutto, astuccio compreso. «Mi piace questo libro. È uno dei miei preferiti.»

Mi scappa quasi da ridere. Ovvio.

«Ma non mi dire.»

Regge il libro come fosse un tesoro e mi guarda. Non ho cuore di dirle cosa ne penso veramente. Me lo restituisce e con un unico movimento svelto riesce a liberare metà del tavolo.

«Ecco» dice in tono un pelino più cordiale. «Qui ci sta anche la tua roba.»

Cerco di non spezzare l'incantesimo di J.D. Salinger e sistemo con calma i miei libri.

Entro la fine della lezione mi sembra di aver quasi convinto Namita che non sono così scema come pensava.

«Il prof Natale mi ha detto che per avere il massimo dei voti in questo compito devo lavorare in gruppo» ammette, mentre raccogliamo le cose e la campanella suona forte sopra le nostre teste. «Con la gente che c'è, a essere sincera pensavo che avrei preso un voto migliore a lavorare da sola, al netto della sua penalità. Però hai ragione. Tu ne sai di questa roba. Quando Angus torna pensi che potrei aggregarmi a voi per il progetto?»

La guardo sorpresa. Lei non incrocia il mio sguardo e mi rendo conto che quel che mi sta chiedendo è tanta roba per lei.

«Lo conosci bene Angus?» So che la sto facendo sudare, e che non è carino, ma sono curiosa e credo che sia un buon modo per farla parlare.

«No» risponde mentre ammucchia i libri in una pila. «È un tipo solitario. Lo è sempre stato. Passa la pausa pranzo e tutto il tempo libero in biblioteca o con gli insegnanti, se glielo permettono. Non parla mai con nessuno. Tranne te, a quanto pare.»

«Intendi ieri? Sì, immagino. Non mi ero resa conto che fosse così introverso. Voglio dire, balbettava un po', ma era così anche quando era da solo, quindi ho pensato che...» Rimango un attimo perplessa ripensando al tempo passato con lui ieri.

«Tu invece con chi stai?» riporto la conversazione su Namita e lei solleva le spalle, di nuovo nella posizione spocchiosa che aveva quando mi sono seduta vicino a lei.

«Non ho tempo per gli amici» dice sbuffando. «Voglio accedere a una buona università. Voglio diventare un chirurgo e questa scuola con tutta la gente che c'è dentro non sarà altro che una briciola nella mia memoria.»

«Carino.» Con l'ambizione non si discute.

Raggiungiamo la porta e, mentre usciamo in corridoio, lei gira sui tacchi con i libri stretti al petto e se ne va. Come vuole.

Io proseguo verso la mia prossima lezione e ripenso alle interazioni avute o mancate in questa scuola fino a ora. C'è un simpaticone che sembra un surfista e crede io abbia accoltellato qualcuno; il suo amico ancor più entusiasta con i capelli sparati; la futura dottoressa che sembra odiare tutti e tutto (eccetto *Il giovane Holden*) e questo misterioso secchione che non parla con nessuno e a quanto pare nessuno prende in considerazione (eccetto ovviamente la persona che ha sentito la necessità di accoltellarlo)... ma che con me si è dimostrato chiacchierone, socievole e gentile. Più di chiunque altro ho conosciuto finora. Adesso comincio a capire perché il sergente Holly Williams e Troy pensano che io possa avere qualcosa a che fare con quel che è successo ad Angus Marshall. E per essere del tutto sincera, sono molto curiosa anch'io.

4

Procedo lungo il corridoio cercando di reggere i libri e leggere l'orario contemporaneamente. So che stamattina ho biologia, storia e chimica... o biologia, chimica e storia? Non so né dove, né in che ordine.

Sin da quando ho iniziato questa scuola ho avuto tre lezioni di storia, ma oggi sarà la prima di chimica. In realtà io chimica non dovrei neppure farla. È un altro dei fallimenti genitoriali di Min e sto ancora cercando di capire se posso togliermi dal corso. Ma a parte questo, non ho idea di dove devo andare. Ho la sensazione di dover salire delle scale, da qualche parte, qui vicino... o era nell'altra scuola?

Una ventata floreale mi colpisce di lato e qualcuno mi prende l'orario di mano.

«Perché sembri sempre così persa?»

È Namita e io sono sorprendentemente sollevata di vederla, nonostante la sua palpabile ostilità.

«Forse perché lo sono.»

Lei butta un occhio sul mio orario e poi mi guarda. «Sei a chimica con me. Da questa parte.»

Cerco di starle dietro mentre gira di scatto a sinistra e mi rendo conto che sarei arrivata in ritardo a un'altra lezione se mi fossi affidata solo ai miei strumenti.

«Chimica non è la mia materia» la avviso.

Sento di dover essere onesta con lei considerando quanto la preoccupa l'eventualità che i compagni possano abbassarle la media.

Namita mi guarda perplessa. «Mi sorprende. Sembri molto intelligente, anche se sei piuttosto incasinata.»

«Ma grazie» rispondo mentre apriamo le porte di quello che è chiaramente il laboratorio di chimica. Provette e becchi Bunsen hanno rimpiazzato gli allestimenti vegetali e anatomici dell'aula di biologia, ma la stanza è identica. Lo capite? Non c'è da stupirsi se mi confondo. È tutto uguale.

«L'insegnante è il prof Carmichael. È un tipo… insolito.»

Tengo la bocca chiusa e seguo Namita verso uno dei banchi alti. Come a biologia, è chiaro che lei ha un suo spazio personale anche in quest'aula e gli altri studenti lo sanno. Tra l'altro non è un gran posto: davanti e di lato, il che significa che non riesco ad avere una buona visuale della stanza senza dare l'impressione di voler fissare la gente.

Mi allungo verso di lei e le chiedo: «Di solito c'è anche Angus Marshall in questa classe?».

Nonostante la nostra conversazione di poco fa, Namita sembra disorientata.

«No.» Risponde come se la domanda fosse stupida. «Lui è all'ultimo anno in chimica. È la sua materia principale.»

Avrei altre domande sull'argomento, ma l'arrivo di un ometto in camice bianco mi distrae. Il professor Carmichael, suppongo. È basso. Più basso di me e magro, con i capelli schiacciati a piccole ciocche sulla testa, tipico degli uomini che non si rassegnano all'idea di essere ormai calvi. E i capelli che restano sono sottili e marroncini, ma se non fosse per la calvizie, lo si potrebbe confondere con uno studente. Il viso è giovanile e gli occhi grandi e tondi come quelli di un orsetto.

Si è messo lì, in piedi, davanti a tutti con una cartelletta e bofonchia tra sé. Per un momento mi chiedo se si sia reso conto che la stanza è piena di gente. Persone a cui lui dovrebbe insegnare qualcosa, per altro. Quando solleva lo sguardo, i grandi occhi castani si fissano su di me e la cosa m'innervosisce.

«Signorina Jones.» Non è una domanda.

«Sì, sono io.» Mi sento gli occhi di tutti addosso e vorrei sprofondare. Avete presente la sensazione che qualcuno ti stia osservando? Mi dà ansia e sono iper sicura che se adesso mi girassi beccherei qualcuno che mi sta guardando.

«Benvenuta. Oggi la classe proseguirà con il lavoro dello scorso semestre e non appena avrò dato le istruzioni di lavoro sarò da lei per vedere a che punto è, in base ai corsi che ha seguito in precedenza. I documenti che mi sono stati forniti sono deplorevolmente inadeguati.»

Prendo in considerazione l'idea di dirgli che probabilmente sono corretti e che sono uno schifo in chimica e non dovrei neppure essere qui, ma forse è meglio aspettare quando il resto della classe non sta ascoltando, quindi mi limito ad annuire.

Mi sistemo sulla sedia e osservo il professore mentre dà istruzioni alla classe. Namita apre il libro a tempo di record e si mette al lavoro ancor prima che lui finisca. Qualcuno approfitta per fare domande e io colgo l'occasione per guardarmi intorno senza sembrare una deficiente.

Comincio a girarmi e capisco perché avevo la spiacevole sensazione che qualcuno mi stesse osservando. Dall'altra parte dell'aula ci sono Alfie capelli-sparati e il suo amico Troy dell'autobus. Alfie si sta sbracciando, come se io non riuscissi a vederlo, mentre Troy fa un sorrisetto rivolto sia a me che al compare. La cosa mi irrita parecchio, anche se non capisco perché. Sollevo la mano, se non altro per farli smettere di salutare.

«Quindi hai già conosciuto Troy e Alfred.» Namita non solleva lo sguardo o la penna dal foglio, ma li ha notati, il che mi pare stupefacente.

«Sì. Com'è che sono sempre insieme?»

«Sono amici praticamente dalla nascita.» Namita continua a scrivere. «Non hanno niente in comune e non credo che loro stessi sappiano perché sono amici, a parte una vita insieme, ma vanno bene per te. Alfie Ryan fa il simpaticone e Troy Masterson è...» Smette di scrivere per un attimo, la penna appoggiata al labbro.

«È...?» la sollecito.

«Perfetto» dice con una smorfia. «Pazzesco.»

«Perfetto?» Butto lo sguardo verso Troy e mi rendo conto che forse è da lì che viene il mio fastidio. È un tipo attraente, in effetti. Biondo, occhi azzurri, alto, simpatico... ma c'è anche qualcosa di interessante in lui. Sì, è sicuramente più interessante che non perfetto.

«Hai presente il tipo» continua Namita. «Famiglia perfetta, vita perfetta. Carino con tutti. Non ha mai dovuto affrontare una difficoltà e non ha idea di come sia la realtà per gli altri. Il simbolo del privilegio bianco.»

«Interessante...» Posso capire che uno come Troy, niente meno che il figlio del sindaco, possa dare sui nervi alla gente semplicemente per il fatto di esistere. Però, se c'è una cosa che ho imparato nei miei passaggi tra le varie scuole e con tutte le persone che ho incontrato, è che nessuno ha una vita perfetta. Per quanto bella possa sembrare da fuori.

«Signorina Jones.» La voce del professor Carmichael interrompe i miei pensieri e torno vigile.

Mi fa segno di andare alla cattedra; io mi alzo impacciata e faccio cadere uno dei miei libri. Avvampo perché, ancora una volta, mi sento tutti gli sguardi addosso. Lascio il libro dov'è e raggiungo la cattedra. Sbatto coi fianchi almeno contro due banchi mentre passo e mi domando se posso far peggio.

Il professor Carmichael, da parte sua, ignora il mio triste spettacolo.

«Ho dato un occhio alle relazioni della scuola precedente. Anzi, meglio dire scuole» puntualizza. «Tenuta in considerazione la discontinuità del suo percorso scolastico, direi che è incredibile che vada così bene.»

Cerco di nascondere il mio stupore. Nessun professore mi ha mai detto nulla di simile, credo. Mai. Soprattutto un insegnante di materie scientifiche. Forse dovrei valutare l'idea di fare chimica.

«Ehm… grazie?»

«Questo non significa che le tengo buono tutto, e non deve essere neppure una scusa per sedersi sugli allori. C'è un sacco di roba da recuperare.»

Ah, ecco. Adesso assomiglia già di più agli insegnanti a cui sono abituata. Annuisco, perché ho imparato che è meglio non opporre resistenza.

«Mentre gli altri completano il loro compito stamattina, voglio che lei legga questo.» Mi allunga una pila di fogli che mi fa inorridire. «Ho anche inviato alcuni link ai materiali audio e video che chiedo. Può iniziare a mettersi al passo, coi suoi tempi. Se ha dei dubbi mi scriva subito una mail. Non si trascini questa roba fino a fine semestre. E da domani voglio che lavori con il resto della classe. Questo è quanto.»

«Be'… io…» balbetto.

Non ho niente da dire, ma le persone che mi fan cadere le cose dall'alto mi mandano in bestia. *Scegli le tue battaglie, Eleanor.* Questa è la voce di Min che mi risuona in testa, ma per stavolta la ascolto. Recupero la pila di fogli e, con un sospiro, torno al mio posto.

Il libro che avevo lasciato a terra è tornato sopra agli altri, ma Namita è impegnata a scrivere e non le dico niente. Però noto che in quel momento le farfalle che vivono perennemente nel mio stomaco hanno smesso di agitarsi. È così.

5

Nonostante un inizio di giornata insolitamente sociale, il resto è piuttosto piatto. Troy non è sull'autobus del ritorno e quindi mi siedo di nuovo da sola, ma stavolta guardo avanti con la copia del *Giovane Holden* in borsa. La mia fermata è la terzultima. Lo so perché l'ho chiesto all'autista il secondo giorno di scuola, prima di scendere. Restano ancora sei o sette ragazzini sul bus quando io scendo e devo ancora capire in che modo sono legati tra loro. Di solito è una delle informazioni che mi piace trovare, ma oggi non m'interessa.

A parte la pensilina arrugginita, non c'è molto altro da vedere lungo la strada quando lo scuolabus si allontana. Recinti vuoti che sembrano ospitare solo erba secca, qualche eucalipto dall'aria triste e il cartello bianco e nero che indica la mia via: Short Street, la via corta, che a dispetto del nome è abbastanza lunga. Il primo isolato è costeggiato da alberi di eucalipto di diverse forme e altezze e alcuni cespugli striminziti che danno un'atmosfera un po' da film di paura. Oltre ai cespugli c'è un'altra dozzina di case. Immagino che vent'anni fa avessero pensato che la zona doveva diventare un quartiere ben sviluppato, ma dopo la costruzione di qualche abitazione si siano resi conto che invece era una zona di merda, lontana da tutto.

Le case sono costruite su grandi lotti e separate l'una dall'altra da malferme recinzioni metalliche. La nostra è la terza della fila. La prima offre un delizioso benvenuto nel quartiere: un giardino decorato da un mucchio di vecchie carcasse di auto arrugginite. Di fronte a casa nostra c'è il "parco giochi" di cui parlava Troy. Come la casa all'inizio della strada, è pieno di attrezzature arrugginite che un tempo dovevano essere rosse, gialle, azzurre e verdi. Il castello non sembra possa reggere in sicurezza il peso di un bambino di quattro anni e lo scivolo è uno di quelli in metallo che in una giornata calda garantito che ti brucia le chiappe. Casa nostra ha il rivestimento in assi di legno. Probabilmente è stata la prima villetta della lottizzazione e da lì sono stati suddivisi i terreni dove hanno costruito quelle tristi case in mattoni sparpagliate tutto intorno. Spendendoci una vagonata di soldi, casa nostra potrebbe anche diventare carina, ma al momento sa di vecchio e ho smesso di contare le crepe sulle pareti e sul soffitto già qualche giorno fa.

Non credevo che Min fosse a casa, ma la sua auto è nel vialetto, insieme a una Mazda blu che sembra troppo bella e pulita per appartenere a qualcuno dei nostri conoscenti.

Percorro la veranda a passi pesanti e mollo a terra lo

zaino con energia in modo che Min e chiunque sia con lei mi sentano arrivare.

«Min!» dico. «Sono a casa!»

La testa di Min appare nell'ingresso. I suoi soliti capelli scuri ora sono biondo platino e rosa fluo e sembra un pappagallino. A ogni trasloco se li taglia e li tinge in modo diverso, come se lo stile di capelli potesse fare la differenza nel luogo in cui capitiamo. Anche lo stile dell'abbigliamento va di pari passo con quello dei capelli e l'unico modo in cui posso descrivere quello attuale è qualcosa del tipo: pollastrella-rocchettara-incontra-maestra-d'asilo. Fantasie chiare, accessori in pelle, gioielli in argento massiccio e turchese.

«Ciao, tesoro» dice con il sorrisetto e il tono che di solito usa per i suoi pazienti in ospedale. Alzo immediatamente la guardia.

Si sposta dalla porta e mi lascia entrare. C'è una giovane donna piuttosto attraente seduta sul divano. Indossa scarpe pratiche e altrettanto pratici pantaloni neri e una camicetta azzurro chiaro. Il cinturone che ha in vita regge una pistola e una serie di altri aggeggi. Tiene in mano un taccuino e una penna e ci metto circa due secondi a capire che deve essere il sergente Holly Williams della telefonata di ieri sera.

«Eleanor» esordisce Min a denti stretti, «non mi avevi detto che il tuo nuovo amico di scuola era lo stesso che ho trovato in terapia intensiva quando sono arrivata al lavoro ieri sera.»

«Be', non è che potevo saperlo che la sua giornata sarebbe andata a finire così, no?» Sto cercando di non suonare sarcastica, però dai! «Stamattina quando sono uscita non eri a casa, quindi non ho avuto modo di dirti niente.»

Pianto gli occhi addosso a Min e la sua faccia assume la stessa sfumatura di rosa dei capelli.

«Ah, ciao Eleanor.» Il sergente dall'abbigliamento pratico Holly Williams si schiarisce la voce e mi parla restando sul divano. Mezza seduta e mezza in piedi, mi tende la mano. «Sergente Holly Williams. Abbiamo parlato al telefono ieri sera.»

Ignoro la mano e mi lascio cadere sulla poltrona di fronte a lei. «Salve.»

«Mi scuso per la natura della mia chiamata. Non avrei dovuto parlare con te, che sei minorenne, se non in presenza dei genitori o di un tutore legale. Tuttavia volevo seguire subito ogni pista possibile.»

Io non dico nulla, ma trovo interessante che Holly Williams sia una che infrange le regole, nonostante l'atteggiamento compassato e preciso.

«Stavo parlando con tua madre di Angus Marshall» prosegue.

La guardo. Non sono sorpresa. A quanto pare ne ha parlato con l'intera città. Perché escludere Min?

«Tutto in questo caso è molto… imprevedibile» dice. «Speravo che, magari, ti fosse venuto in mente qualcosa, qualsiasi cosa che potesse aiutarci. Aiutarmi…»

«Dov'era?» taglio corto.

«Come, scusa?»

«Dov'era Angus quando è stato… quando è successo?»

«Oh!» Holly sembra sorpresa dalla mia domanda.

«C'è una vecchia fabbrica, a metà strada tra qui e la tua scuola. Il padre ha ricevuto una strana chiamata dal numero di Angus nel tardo pomeriggio e ha usato l'applicazione "Trova il mio dispositivo" e... be', è stato un bene. Angus avrebbe potuto non passare la notte altrimenti. Sei sicura che non abbia detto nulla quando è sceso dall'autobus?»

Scuoto la testa. «Non gli ho parlato sull'autobus al ritorno, ma solo dopo la lezione della mattina. Al pomeriggio lui era seduto davanti e io ero in mezzo.»

Holly sospira e chiude il taccuino. «E nessuno ha parlato con te, Eleanor? Nessuno ti ha detto nulla di Angus?»

«Be', no. Io non sono molto portata per i pettegolezzi o per i drammi. E neanche per le persone, se è per quello. Perché le persone di solito hanno a che fare coi pettegolezzi e i drammi.» Vorrei davvero avere qualcosa da dirle, perché sono curiosa anch'io. «Mi dispiace, detective. Vorrei davvero poterla aiutare. Angus sembra un ragazzo carino.»

Holly mi guarda negli occhi, le labbra serrate, e giuro che se per caso avessi avuto qualcosa che non volevo dire, quell'espressione sarebbe bastata a farmi spifferare ogni cosa. Ma non dico nulla.

«Bene, grazie per il tuo tempo, Eleanor» dice Holly alla fine, poi si alza e ringrazia Min. «Signora Jones.»

«Oh, la prego, mi chiami Melinda.» Min adesso ha la sua voce da adulta e non so se è perché Holly è un poliziotto o se è perché indossa quel tailleur-pantalone che Min non indosserebbe neanche morta, a prescindere dall'immagine che ha deciso di dare di sé.

«Melinda» dice Holly cortese. Infila una mano in tasca ed estrae un biglietto da visita, che mi allunga. Non capisco perché. Ho già il suo numero sul telefono, e poi dove cazzo dovrei metterlo io un biglietto da visita? In un immaginario raccoglitore per biglietti da visita?

Lo prendo lo stesso e lo appoggio sul palmo della mano. Posso andarmene ora? Abbiamo finito?

«Se per caso...» Holly esita un attimo e poi mi fissa di nuovo, come se volesse prendermi alla sprovvista. «Non abbiamo davvero indizi, Eleanor. A quanto pare Angus aveva una vita sociale nulla. Non ha amici con cui parlare e gli unici contatti registrati sul suo telefono sono quello del padre e un ristretto numero di compagni e insegnanti delle diverse classi, ma nessuna comunicazione con loro. C'è un unico messaggio ed è da parte tua, Eleanor.»

«È molto triste» rispondo, e dico sul serio. È triste che non abbia amici, ma è ancora più triste che si sia messo lì a inserire i dati di una serie di persone che non hanno nulla a che fare con lui. Aspetta un attimo. Un unico messaggio?

«Un unico messaggio?»

«Sì» dice Holly, guardando di nuovo sul suo taccuino. «Il tuo messaggio che dice "Sono Eleanor Jones, fammi sapere quando possiamo cominciare", che è il messaggio che gli hai mandato, giusto? Quando sei tornata a casa ieri? Mi hai parlato del progetto che dovevi fare con lui...»

Annuisco lentamente, con le rotelle del cervello che

girano a mille e mi rendono difficile afferrare il pensiero che cerca di farsi strada in tutto quel casino.

«È il mio messaggio.»

«Be', come ti ho detto, se ti viene in mente qualcosa, qualunque cosa, fammelo sapere.»

Min si sposta per accompagnare Holly oltre gli scatoloni per terra e verso la porta e io ne approfitto per scomparire in camera mia. Prendo il telefono e vado a vedere i messaggi. Come Angus, neppure io ne ho molti. Potrei dire che è perché uso altre app per comunicare, ma so benissimo che è una balla. E la cosa mi demoralizza. Angus e io… non siamo poi così diversi.

Schiaccio sul suo nome e apro il thread di messaggi. C'è quello che io ho mandato a lui. Lo stesso che Holly ha citato. Ma poi ci sono anche tre messaggi di risposta di Angus.

> Ciao Eleanor. Stasera non posso. Scusa. Ci mettiamo d'accordo domani.
> CIOHISN

E poi il contatto di una persona di nome Ethan Griggs.

Quando i due messaggi erano arrivati, circa dieci minuti dopo il primo, li avevo ignorati. Avevo immaginato che mi avesse mandato dei messaggi per sbaglio, come succede quando apri in fretta e clicchi il nome sbagliato. Ma Holly ha detto che il mio era l'unico messaggio nella sua casella. E ha anche detto che c'era un solo messaggio. Quello che gli avevo mandato io.

Apro il contatto di Ethan Griggs. Un numero di cellulare e un indirizzo mail scolastico. Uno studente? Un insegnante?

Penso che farei meglio a dirlo a Holly. Corro all'ingresso e apro la porta. La macchina è già in fondo alla strada e Min è appoggiata al palo crepato della veranda che la guarda mentre se ne va.

«Oh, Leni» incrocia le braccia e mi guarda.

«Cosa c'è? Io non ho mica fatto niente.»

«Siamo qui da neanche una settimana, e la polizia è già venuta a casa nostra.»

«Ma io che colpa ne ho?» La voce è piagnucolosa, ma non posso farci niente. È Min quella che decide sempre di trasferirsi. Non è una mia idea. E non è colpa mia se l'unica persona con cui decido di fare amicizia salta fuori che è così sfortunata da finire vittima di un crimine violento. Avrebbe potuto succedere a chiunque.

Gli sforzi minimi di Min di comportarsi da genitore di solito si esauriscono in fretta, quindi non mi preoccupo. Sono sicura che non mi deluderà.

«Stasera non lavoro.» Mi prende sotto braccio e rientriamo in casa insieme. «Ti va di ordinare una pizza e guardare l'ultimo film della Marvel?»

«Domani vado a scuola» rispondo, in attesa che lei faccia un commento su chi è il genitore e chi è la figlia. Non lo fa. Le stringo il braccio e la lascio entrare in soggiorno davanti a me. «Va bene. Perché no.»

6

Mentre l'autobus procede lungo la strada, guardo fuori dal finestrino. Oggi non mi va di giocare all'investigatore con i miei compagni di viaggio. Continuo a pensare e ripensare alla conversazione di ieri sera. *C'è un unico messaggio ed è da parte tua, Eleanor.* Forse il sergente non ha ritenuto necessario parlarmi della risposta di Angus a me? Forse si riferiva solo ai messaggi in entrata e non a quelli in uscita? Il mio era davvero l'unico messaggio inviato ad Angus? Il pensiero mi intristisce.

Ma se devo essere davvero onesta, provo una certa irritazione. Non vedo perché questo dev'essere diventato un mio problema. Io non lo conosco nemmeno, quel ragazzo. Potrebbe anche essere un totale psicopatico che meritava di essere accoltellato. Cioè, probabilmente non lo è affatto, ma potrebbe.

L'autobus stride e si ferma e sale uno dei casinisti dei posti in fondo. Canta una canzone, male e a voce alta, per il suo pubblico e tutti ridono. Mi chiedo se sia davvero così sicuro di sé o se magari è stato sveglio tutta notte a preparare questa entrata grandiosa e in fondo sia terrorizzato all'idea che nessuno risponda come desidera. Ma non deve preoccuparsi. A quanto pare lo ritengono tutti divertente.

Non posso fare a meno di girarmi per guardarlo mentre passa e sobbalzo quando un corpo atterra nel sedile accanto al mio. È Troy.

«Spero di non averti spaventata.»

Sì, certo che mi hai spaventata. Ma non ho intenzione di dirtelo.

«No» dico invece.

«E io dico di sì.»

«Be', certo, sei stato davvero discreto. Complimenti.»

Lui ride e io cerco di non mostrarmi troppo compiaciuta per il fatto che abbia apprezzato il mio sarcasmo. Butta lo sguardo sul libro che ho in mano.

«Oggi *Jane Eyre*» osserva.

«È il primo manifesto femminista» rispondo.

«Se lo dici tu.»

Si sente un urlo da un sedile dietro di noi e ci giriamo per capire da dove proviene. È una ragazza, un po' più piccola di noi, e uno degli odiosi ragazzi in fondo le sta dando il tormento.

«Ehi, Macca!» Troy richiama l'attenzione del molestatore e quando i loro sguardi s'incrociano Troy gli lancia uno sguardo duro e scuote leggermente la testa. Macca risponde con un impercettibile cenno del capo ma la pianta e torna a far casino con i compagni dell'ultima fila. La ragazza guarda Troy con un misto di soggezione e sollievo, che lui sembra ignorare mentre si gira di nuovo in avanti.

Io non so cosa dire e restiamo in silenzio per un istante. L'autobus si ferma di nuovo, raccoglie un altro passeggero e poi riprende la strada.

«Il sergente Holly Williams è venuta a casa mia ieri sera» esordisco, perché mi sto rendendo conto che lui ha un odore buonissimo. Ma anche lui parla nello stesso momento.

«Hai più pensato ad Angus e a quel che potrebbe essere successo?»

Gli si illuminano gli occhi e si gira sul sedile in modo da guardarmi in faccia. «Che ha detto? Hai scoperto qualcosa?»

«Forse» gli dico. Una parte di me vorrebbe saperne di più, ma un'altra – forse quella più sensibile – pensa che dovrei stare alla larga dalle vite strane degli altri. Non mentivo quando ho detto che non mi piacciono i drammi.

Troy mi guarda in attesa, ma io ho una domanda per lui.

«Dov'è che vivi, tu? Che delle volte sali sul bus qui. Avevo capito che tua madre è il sindaco.»

«Ma cosa vuol dire?»

Mi sposto sul sedile. «M'immaginavo che vivessi in una zona più di lusso... visto che i posti qui intorno non mi sembrano esattamente... di lusso.» Mi rendo conto dalla sua espressione che devo averlo offeso.

«Viviamo nella casa in cui mio padre è cresciuto. I miei nonni sono morti entrambi poco dopo la mia nascita e lui ha ereditato la casa.» Fa spallucce. «È una delle case più antiche della città, quindi potrei dire che in un certo senso è "di lusso".» Mima le virgolette. «Anche la casa dove stai tu è grande e piuttosto vecchia, sai.»

«Ma decisamente non di lusso» rispondo e gli rivolgo un mezzo sorriso. Non è facile offendermi. Considera questo sorriso come un'offerta di pace, penso tra me e me. Ho un'altra domanda.

«E perché prendi l'autobus solo qualche volta?»

«A volte vado o torno in macchina con mia madre o con mio padre, a seconda dei loro impegni» mi dice senza prendere fiato e senza darmi tempo di fargli altre domande. «Quindi cosa ti ha detto Holly a proposito di Angus?»

«Ha detto che è stato ritrovato vicino a una vecchia fabbrica abbandonata non lontano da casa sua. La conosci?»

Troy annuisce. «La Sunny. La chiamano tutti così. È da queste parti. Ci passiamo davanti tra poco. Dalla strada si vede il tetto. È un posto abbastanza inquietante. Cosa ci faceva lì?»

«Credo che sia quel che si stanno chiedendo tutti. Non è tornato a casa dopo la scuola, poi suo padre ha ricevuto una telefonata, ma Angus non ha detto nulla. Il padre aveva una app per il tracciamento del telefono e per fortuna è riuscito a trovarlo. Ha detto che altrimenti sarebbe morto.»

«Wow. Quindi è successo subito dopo che è sceso dal bus. Alla luce del giorno?»

«A quanto pare.» Mi chiedo cosa posso condividere

con Troy. Lo conosco a malapena, ma c'è qualcosa nel suo modo di fare gentile e cordiale, che mi spinge a fidarmi. «E questa "Sunny" che cos'era? Che tipo di fabbrica?»

«Produceva barattoli di latta... Hai mai sentito parlare della Sunrise Valley Foods? Faceva frutta, pomodori e roba che cresce da queste parti. Ha chiuso anni fa e un sacco di gente ha perso il lavoro. Mamma e papà avevano circa la nostra età allora, e ne parlano ancora. Come se fosse la cosa più importante successa in città, quella che ha cambiato tutto. Adesso non c'è granché. Quando eravamo piccoli io e Alfie ci andavamo in bici e ci sfidavamo a entrare.»

Rido. «Quando eravate piccoli? A confronto degli adulti grandi e responsabili che siete adesso?»

Troy arrossisce e mi dà una gomitata nelle costole. «Hai capito cosa intendevo.»

Si mette seduto dritto, allunga la mano e tocca il finestrino con l'indice. «Eccola là. Vedi? Quell'enorme scatolone grigio dietro gli alberi?»

Mi giro per dare un'occhiata a quello che indica. L'edificio è abbastanza grande e ne intuisco la forma, ma l'autobus va troppo veloce per poter vedere chiaramente. Dopo una fila di alberi il bus si ferma di nuovo.

«Questa è la fermata di Angus» dico, anche se sono certa che Troy lo sa benissimo.

Troy annuisce e rimaniamo di nuovo in silenzio mentre il bus sobbalza e riparte.

«Chi è Ethan Griggs?» Dico in tono alto abbastanza da farmi sentire sopra il rumore del motore e il chiacchiericcio.

«Scusa, cosa mi hai chiesto?» Troy si inclina verso di me.

«Ethan Griggs. Chi è?»

«Da dove diavolo ti viene in mente 'sta cosa?»

«Quando la tua amica poliziotta era a casa mia ieri sera, ha detto che sul telefono di Angus c'era un unico messaggio. Quello che gli avevo mandato io, per accordarci per il progetto.»

«Okay…»

«Be', non poteva essere vero. Riguardo il messaggio singolo, intendo. Perché lui mi ha risposto e ha detto che non poteva e che ne avremmo parlato a scuola. Poi mi ha mandato il contatto di Ethan Griggs. Chi è?»

«Credi che Ethan Griggs abbia tentato di uccidere Angus?»

Alzo gli occhi al cielo. «E come cazzo farei a saperlo? Non so neanche chi è Ethan Griggs. Per quello te l'ho chiesto.»

Però Troy continua con il suo scenario. «È esattamente il tipo che sarebbe capace di accoltellare una persona che gli fa uno sgarbo. Ma cosa avrebbe potuto fare Angus per farlo incazzare a quel modo? E come facevano poi a conoscersi? È molto interessante.»

«Ma chi è?»

Troy mi guarda con espressione seria. «Ancora due fermate e siamo a scuola, Eleanor. Penso che il modo migliore per farti capire chi è Ethan, sia fartelo vedere.»

7

Non facciamo in tempo a scendere dall'autobus che appare Alfie.

«Ti ha messo addosso un localizzatore GPS?» chiedo a Troy mentre Alfie ci raggiunge salutando pieno di entusiasmo.

Troy ride pensando che sia una battuta. Ma non voleva esserlo.

«Ehi ragazzi, ma lo sapete che Angus Marshall non è solo in coma? È stato accoltellato!» Mi guarda dall'alto in basso e scende di volume. «E inoltre, Eleanor, parlano tutti di te.»

«Cosa? E perché?» Questo non fa parte della mia strategia di mantenere un profilo basso nella nuova scuola.

Mi rendo conto, mentre rispondo, che il cortile è pieno di ragazzini che parlottano. Discuteranno tutti dello stesso argomento. Credo che fosse solo questione di tempo, e tutti l'avrebbero scoperto, ma per un motivo o per l'altro sono ancora un po' sconvolta dal fatto che tutta questa gente che, a quanto pare, non ha mai avuto nulla a che fare con Angus, adesso sia improvvisamente preoccupata per la sua salute. Li sento sussurrare e mi sento i loro sguardi addosso.

«Be', buongiorno anche a te, Alfie» dico e poi mi giro verso Troy. «Okay, siamo qui. Adesso fammelo vedere.»

«Ti fa vedere cosa?» chiede Alfie a Troy. «Dove andiamo?»

«Eleanor mi ha chiesto chi è Ethan Griggs.»

«Oooooh» dice Alfie a voce sempre più bassa mentre si concentra su di me. «E perché vorresti vedere Ethan Griggs? Sei una persona molto interessante, Eleanor Jones.»

«Non direi proprio. Sono solo curiosa.» Sto cominciando a stufarmi di tutta questa segretezza e voglio allontanarmi dalla massa. Tutto questo parlottio mi sta facendo sentire intrappolata in una stanzetta. Senza aria. «Voglio sapere cos'ha di tanto strano quel tipo... perché Troy non me lo dice.»

Troy ha cominciato a farsi strada tra la folla e io lo seguo a ruota, con Alfie in scia.

«È perché Troy ha paura di Ethan Griggs» dice Alfie molto sicuro di sé. A quelle parole Troy si ferma, ma non si gira.

«Cosa?» chiedo ad Alfie. Sorrido alla notizia. Non avrei mai pensato che Troy potesse essere spaventato da qualcuno. Penso che a Namita piacerebbe saperlo. Troy riprende a muoversi.

«Be', a essere onesti, tutti hanno paura di Ethan

Griggs. Anzi, o ne hanno paura o ne sono innamorati. Dipende da con chi parli.»

«Okay, adesso comincio a essere davvero curiosa.»

Di fianco alla scuola c'è il parcheggio, per la maggior parte occupato dalle auto degli insegnanti e da qualche veicolo ammaccato con il cartello "P" sul parabrezza, degli studenti più grandi dell'ultimo anno.

Troy prosegue lungo un lato del parcheggio e si arrampica per sedersi sul parapetto di legno che fa da recinzione.

«E adesso?» chiedo.

«Aspettiamo.»

Alfie e io molliamo gli zaini e lo raggiungiamo. Mancano meno di cinque minuti alla campanella di inizio. Quattro minuti.

Sento un rombo in lontananza, che si fa sempre più forte. Troy si raddrizza. Il rombo diventa un ruggito e una moto entra nel parcheggio a una velocità decisamente poco prudente, sollevando una nuvola di polvere. La nuvola si dirada e il motociclista, che nel frattempo ha parcheggiato, scende dal veicolo. Indossa un'interpretazione molto libera dell'uniforme scolastica: pantaloni larghi e cadenti, stivaletti al posto delle scarpe, niente cravatta e una giacca che sarebbe più appropriata in un pub che non in un'aula di scuola. Si toglie il casco e scioglie i capelli lunghi e castani. Solleva lo sguardo e vede me, Troy e Alfie seduti sul parapetto e stringe gli occhi. Sono castano scuro, con le ciglia così lunghe che si arricciano. La sua faccia, in effetti, è quasi perfetta e provo una strana sensazione. Lui si volta, si carica una borsa su una spalla e con il casco sotto il braccio procede verso l'edificio scolastico proprio mentre la campanella suona. Io scendo dal parapetto e lo guardo allontanarsi. Anche Troy scende e si mette di fianco a me.

«E quello, cara la mia Eleanor Jones, è Ethan Griggs.»

«D'accordo. Ho visto.»

«Mmmh.»

«Mi piacerebbe sapere se fai parte della squadra della "paura" o dell'"amore", Eleanor» cinguetta Alfie da dietro e io rimango in silenzio per un istante a guardare quel gran figo di Ethan Griggs.

Troy brontola. «Cos'è? La moto o quei capelli naturalmente meravigliosi? La bellezza disarmante?»

«Sì» dico.

«Be', ti garantisco che chi sta dalla parte della "paura" è perché probabilmente ti mollerebbe un pugno solo a vederti.»

«Ma non ci ha mica presi a pugni, adesso» replico.

«Be'... solo perché eravamo troppo lontani.»

«Quindi, di cosa stiamo parlando? E perché Angus Marshall pensava che fosse importante che io lo contattassi? E se fosse stato solo un invio accidentale, perché Angus doveva avere il contatto di un tipo del genere?»

Più che altro stavo pensando a voce alta, dimenticando che c'era anche Alfie, che adesso sta sbarellando.

«Che stai dicendo? Ma sono veri i gossip tra te e Angus? Ethan c'entra qualcosa con quel che gli è successo?»

«Quante domande!» Troy alza una mano in direzione di Alfie. «Prima Eleanor. Ne parliamo mentre andiamo. Abbiamo chimica alla prima ora e Carmichael va giù di testa se arriviamo in ritardo.»

Ci precipitiamo verso gli armadietti e io sto alle calcagna di Alfie.

«Quali gossip?»

«Il fatto che quando è stato pugnalato in teoria doveva essere con te. È vero?»

«Quel giorno a scuola mi ero messa d'accordo con lui per lavorare a un progetto. Tutto lì. Cosa cazzo pensa la gente che ci fosse tra noi? Dimmi, Alfie.»

Lui solleva le mani in difesa. «Ti sto solo riportando quel che ho sentito dire.»

«Devo parlare con quell'Ethan. Troy, potresti presentarmelo?»

«Negativo.»

«Cosa?»

«Gli studenti più giovani non parlano con Ethan Griggs. Mia sorella ha due anni più di lui ed era in classe con suo fratello e ci è sempre stato detto e ridetto di stare alla larga da Griggs e la sua banda.»

«Non potremmo andare da Morgan's dopo la scuola?» dice Alfie.

«Cos'è Morgan's?» chiedo.

«Tu cerchi solo una scusa per star dietro a Millie.» Troy scuote la testa mentre guarda Alfie che diventa tutto rosso sotto le lentiggini.

«Non è vero» protesta lui.

«Cos'è Morgan's?» chiedo di nuovo.

Raggiungiamo la parete di armadietti e ci separiamo per avvicinarci ognuno al proprio.

Troy alza la voce e parla mentre sistema la borsa coi libri: «Un bar, lo definirei».

«È il posto dove si ritrovano quelli più popolari, dopo la scuola» continua Alfie dall'altra parte del corridoio.

«Quelli più popolari?» Mi giro verso Troy con i libri tra le braccia. «E tu non sei uno di loro?»

Lui serra le labbra e mi raggiunge.

«Troy è un cane sciolto» dice Alfie come se Troy non ci fosse. «Loro lo vogliono nel gruppo, ma lui non ci va, cosa che li fa incazzare parecchio. Lui va e viene, quando vuole.»

«E tu?» chiedo ad Alfie.

«Decisamente *non* pervenuto tra i popolari. E sono contento che lui sia un cane sciolto, perché se stesse solo con loro, non potrebbe stare anche con me.»

Troy scuote la testa come se tutta questa conversazione fosse troppo stupida, come in effetti è. Sono passata da un sacco di scuole e non capirò mai le gerarchie e il sistema sociale. Per me non hanno senso.

Giriamo l'angolo e puntiamo verso il laboratorio di chimica e noto che c'è un armadietto con delle cose attaccate sopra. Quando ci avviciniamo vedo che è il nastro adesivo della polizia e poi ci sono anche delle foto, dei bigliettini e addirittura dei fiori attaccati all'anta. È l'armadietto di Angus.

Troy si lascia andare a un sospiro che sembra più una risatina sarcastica. «Ipocriti.» Io lo guardo e lui abbassa le spalle. «Molti di loro non gli avranno mai neanche rivolto la parola. E adesso, improvvisamente, si interessano a lui.»

Mentre ci avviciniamo alla porta dell'aula di chimica, noto l'aula che sta di fronte. Un telo di plastica che copre l'ingresso si solleva al nostro passaggio.

«Cos'è successo lì dentro?» chiedo.

«È stato la scorsa settimana, prima dell'inizio del semestre» spiega Alfie. «È esploso qualcosa, ma per fortuna non c'era nessuno. Hanno detto che forse non avevano pulito bene o non avevano sistemato le cose nel modo corretto.»

«Ma chi?»

Alfie fa spallucce. «Gli insegnanti.»

Entriamo in classe. Tutti chiacchierano. Il professore non è ancora arrivato e sono sollevata all'idea di non iniziare la giornata con una sgridata. Vedo Namita seduta allo stesso tavolo di ieri e la raggiungo.

Sto per salutarla, ma lei solleva lo sguardo verso di me, incazzatissima.

«Non posso crederci, Eleanor Jones» soffia.

Be', giusto per iniziare bene la giornata.

8

«Cos'ho fatto?»

«Non posso credere che ieri abbiamo parlato di Angus Marshall e hai omesso di dirmi che gli avevi parlato giusto prima che venisse...» Namita si guarda intorno, poi si piega verso di me, «... accoltellato!»

«Non sono mica stata io!»

«Non ho detto che sei stata tu» sibila. «Ho detto che lo sapevi e non mi hai detto niente.»

«Be', a quanto pare tutti pensano che io sappia molte più cose di quante non ne so. Compresa tu. Grazie mille. Io non so proprio un bel niente. Quindi mi dispiace, ma non ho nessun gossip da passarti.» Incrocio le braccia a dimostrarle che per me l'argomento è chiuso e la mia determinazione sembra calmare la sua rabbia.

Si siede di nuovo sulla sua seggiola. «Non ci posso credere, sul serio. Non posso credere che una persona che conosco... è stata...»

«Vero?» solidarizzo. «Roba da matti, eh?»

«Il fatto è che non riesco a capire perché qualcuno

dovrebbe avergli fatto una cosa del genere. O come possa aver fatto lui a ficcarsi in una situazione così. Cioè, davvero, se non è in classe è in biblioteca o a casa. Non parla praticamente con nessuno. È proprio...» Namita abbassa di nuovo la voce «... un mistero!»

Intorno a noi il resto della classe continua a parlare a volume sempre più alto, come succede sempre quando non c'è l'insegnante, e sobbalziamo tutti quando sentiamo un forte colpo provenire dalla zona anteriore dell'aula. Alcuni studenti che sono là in piedi si vanno a sedere in tutta fretta e vedo che il professor Carmichael è arrivato, con un'espressione non molto diversa da quella di Namita, poco fa.

«A sedere» ci intima.

Tutti vanno al posto e io sono molto contenta di essere già seduta.

«Mi rendo conto che questa settimana ci sia stato un incidente che ha coinvolto un vostro compagno» dice il professore quando tutti finalmente tacciono. «Tuttavia desidererei che questa lezione non diventasse un momento utile per insinuazioni e pettegolezzi. Parliamo di chimica e soltanto di chimica, grazie. Adesso aprite il libro a pagina trentaquattro.»

Mentre l'aula si riempie del rumore dei compagni che recuperano e aprono i loro libri, io vengo presa dal panico. Tutte le cose che mi ha dato ieri Carmichael, non solo non le ho nemmeno guardate di striscio, ma le ho lasciate sul tavolo della cucina e non le ho con me.

Apro il libro e dico una preghierina al dio dell'istruzione perché mi faccia superare incolume i prossimi quarantacinque minuti.

Credevo di avercela fatta. Mancavano meno di due minuti alla fine e, nonostante tutto quel che era stato detto fosse per me arabo, ero riuscita a fingere di aver capito.

«Bene, ragazzi» dice il prof Carmichael mentre termina di scrivere un'altra fila di lettere e numeri senza senso alla lavagna, «per oggi è tutto. Raccogliete le vostre cose. Signorina Jones, avrei bisogno di parlarle, per cortesia.»

Sospiro rumorosamente e Namita mi guarda con una punta di compassione.

Mi prendo tutto il tempo per raccogliere libri e penne e alla fine mi sposto verso la cattedra.

Comincio a pensare a una scusa per le mie mancanze. «Professor Carmichael...»

«Signorina Jones» taglia corto lui. «Mi è stato detto che lei aveva fatto amicizia con Angus Marshall.»

«Io... cosa?»

«Il signor Marshall è uno dei miei alunni migliori. Quel che gli è successo è terribile.»

«Be'... sì, lo è.» Non so cosa dire. Non era quello che mi aspettavo. Decido di essere onesta. «Però non siamo esattamente amici. L'ho conosciuto solo l'altro ieri. Prendiamo lo stesso autobus e avremmo dovuto lavorare insieme al progetto di biologia. Tutto qui.»

L'evidente preoccupazione di Carmichael si allevia. «Oh. Ah, ecco.»

«Sì.»

«Ero stato indotto a credere qualcosa di diverso. Errore mio.»

Faccio spallucce. «A quanto pare qui tutti pensano la stessa cosa. Non credo che Angus avesse molti... amici.»

«Sono certo che non è vero.» Il prof Carmichael sta raccogliendo i libri e si muove avanti e indietro.

«D'accordo... arrivederci.» Approfitto per salutare e andarmene, nella speranza di uscire dall'aula prima che smetta di pensare a studenti feriti e inizi a riflettere su quanto io sia inetta nella sua materia.

Appena esco Troy e Alfie mi vengono incontro con aria interrogativa. Dietro c'è Namita, appoggiata a un armadietto che finge indifferenza, ma è curiosa come gli altri due.

«Ehi, cosa ci fate tutti qui?»

«Troy e Alfie dicono che è stato Ethan Griggs» dice Namita facendo un passo avanti, con gli occhi illuminati.

«Ma piantatela! Non lo sappiamo. E voi non potete andare in giro a dire cazzate del genere. Peggio di quelli che pensano che sia stata *io*.»

Namita sgrana gli occhi. «Ti giuro che io non l'ho mai pensato.»

«Okay, ci credo. Ma sono convinta che un po' di gente qui intorno lo pensa.»

«Forse è un serial killer» sussurra Alfie. «Forse ha accoltellato quegli altri ragazzi e Angus l'ha scoperto e così Ethan se l'è presa anche con lui.»

«L'unica cosa che capisco è che guardate troppi filmacci.» Rido notando la faccia seria di Alfie.

«Dopo la scuola ci andiamo» esordisce Troy assertivo. È la prima volta che non noto in lui il solito tono scherzoso. «Così vedi Ethan Griggs nel suo habitat naturale e decidi se ti sembra il caso di parlare con lui… o prendere le informazioni che hai e andare dritta da Holly.»

«Chi è Holly?» Namita guarda prima Troy e poi me. «E dov'è che andiamo, dopo la scuola?»

Alzo gli occhi al cielo e cerco di recuperare il mio orario dalla pila di libri che reggo tra le braccia. Per favore, fa' che nella mia prossima lezione non ci sia nessuno di questi tre sciroccati.

9

Alla fine salta fuori che il mitico Morgan's è poco più di un chiosco di fish and chips. Il pavimento è a piastrelle bianche e nere e l'insegna sbiadita mi fa pensare che forse, una volta, qualcuno ha cercato di arredarlo in stile diner degli anni Cinquanta. Adesso alle pareti ci sono poster di gelati e bibite e nel locale sono sparsi divanetti in vinile spelacchiati dove i ragazzi si riuniscono a gruppi. Ce ne sono alcuni della Cooinda Secondary, ma anche altri della scuola privata dall'altra parte della città e altri ancora senza uniforme che sembrano un po' più grandi e un po' più sudici. A un lato del locale ci sono tre vecchie macchine da sala giochi con le luci al neon che sparano fuori da sopra e di lato in un arcobaleno fluorescente.

«Dove ci sediamo?» mi sussurra Namita all'orecchio quando varchiamo la soglia accompagnati dal suono acuto di un campanello che mi fa sobbalzare.

«E io come dovrei saperlo?» dico. «Non ci sono mai venuta prima.»

«Nemmeno io» ammette Namita. «Però lo desidero da sempre.»

Alfie, tutto impettito, marcia verso uno dei tavoli liberi, fiero di far strada a noi novellini, ma Troy schiocca le dita e si dirige dalla parte opposta.

«Non là» dice. «Va bene laggiù. Vado a prendervi qualcosa.»

Scegliamo la postazione indicata da Troy e mi infilo nervosa sul divanetto, di fianco a Namita. Alfie si siede di fronte e si piega sul tavolo. «Incredibile, vero?»

«Quanto spesso ci vieni?» Non posso fare a meno di chiederglielo, perché Alfie non sembra così sicuro di sé come vuol far credere.

«A dire la verità» ammette «ci sono venuto solo un'altra volta. Solo per prendere un milkshake. Non mi ci sono mai seduto.» Si guarda intorno ad abbracciare lo spazio.

Troy torna dal bancone con un cartoccio bianco in una mano e una bottiglia di salsa di pomodoro nell'altra. Appoggia tutto sul tavolo e s'infila sul divanetto accanto ad Alfie e di fronte a me. Sposta la bottiglia e apre il fagotto di carta per permetterci di pescare le patatine calde che ci sono dentro. Mi brontola lo stomaco per la gioia.

«Ma qual è la storia di questo posto?» Posso immaginarla, ma voglio saperla da loro.

«Questo è il posto dove si riuniscono i ragazzi più popolari della scuola, dopo le lezioni» dice Namita. «Ne parlano in continuazione. Vengono tutti qui da Morgan's.»

«Mia madre e mio padre dicono che quando loro erano ragazzini, si veniva qui da Morgan's a prendere le sigarette. Ma non ce li vedo a farlo.» Troy spreme un po' di salsa sulla carta e intinge una patatina nel fluido rosso brillante.

«Non credo che Barb sarebbe contentissima di saperti qui, a essere onesto» nota Alfie. «Anche se le sigarette non le vendono più.»

«Chi è Barb?» chiede Namita, e sono contenta che l'abbia fatto lei, perché me lo domandavo anch'io.

«Mia madre...»

«Ah... Barbara Masterson. Il sindaco. I miei mi ammazzano se vengono a sapere che sono qui» confessa Namita. «Gli ho detto che tornavo più tardi perché dovevo fermarmi in biblioteca.»

Guardo Namita. «Ma sei tu che vuoi diventare chirurgo? O i tuoi genitori?»

Allunga una mano verso le patatine e fa spallucce. «Entrambi, credo.»

«Mmmh» non mi viene altro da dire.

«C'è Millie.» Troy dà di gomito ad Alfie, che sorride mentre si mette in bocca una patatina.

«Cosa? Dove?» Alfie si alza in piedi e scandaglia il locale. Troy lo afferra e lo costringe a rimettersi seduto.

«Rilassati, per favore» gli dice. «È laggiù.»

Ci voltiamo tutti verso il punto che indica Troy. C'è un tavolo di sole ragazze, che parlano con le teste tutte vicine, perfettamente indifferenti a quel che accade negli altri tavoli e soprattutto ai capelli sparati di Alfie. Sono in tutto sette, con tutti i tipi di corpo, taglia e colore, ma ognuna trasuda un livello di sicurezza di sé da far paura, anche a distanza.

Riconosco un paio di ragazze di qualche mia classe, ma non ricordo che qualcuna si chiamasse Millie. Ritengo piuttosto "assurdi" i gruppetti di studenti popolari, a prescindere dalla scuola che frequento. C'è una strana gerarchia interna che non riesco a capire. Un paio di volte sono entrata anch'io nel sancta sanctorum per breve tempo e c'è sempre una ragazza che occupa il gradino più alto, mentre tutte le altre si affannano per essere accettate. La ragazza al top non è necessariamente la più carina o la più ricca e di certo non è la più intelligente né la più gentile. A volte è la più insicura, che si nasconde dietro tattiche passivo-aggressive… e a volte si è fatta strada a furia di piccoli soprusi. A prescindere da questo, tutte le altre sono sempre un po' intimorite da lei. Spero per Alfie che Millie non sia l'ape regina del gruppo. Ne ho individuate un paio che potrebbero essere le "capette". Una con delle gambe assurdamente lunghe, le curve in punti dove io proprio non ne ho, denti un po' troppo grandi per la sua bocca e una pelle così fresca e luminosa che non può non prevedere l'uso di prodotti costosissimi. L'altra è alta, le tette grandi e un sacco di capelli e dal modo in cui sta guardando una delle ragazze del gruppetto, direi che "simpatica" non è una parola che userei per descriverla.

«Qual è Millie?» chiedo.

«Quella con la coda» risponde Alfie con l'espressione di quei personaggi dei cartoni animati quando gli arriva un'incudine in testa e rimangono lì fermi con le stelline negli occhi.

«Camille Maigraid» puntualizza Troy.

«Ah, Camille» dico risistemando i pezzi del puzzle nella mente. È nella mia classe di inglese. È anche quella che si sta beccando l'occhiata mortifera da parte dell'Ape Regina Alta. «Interessante.»

Millie è di gran lunga più carina delle altre ragazze del gruppo. Certamente la parola carina è molto soggettiva, quindi potrei dire che è "più carina per gli standard sociali". È magra, altezza media, e i capelli, raccolti in una coda alta, sono corposi e ondulati, di un colore e con un taglio merito di un salone alla moda. A nessuno si asciugano in quel modo naturalmente, e solo una bambina di tre anni potrebbe avere quella sfumatura di castano. Senza dubbio è una che parla un sacco: non ha ancora preso fiato da quando Troy me l'ha indicata e l'Ape Regina Alta non sembra molto contenta che sia lei a tener banco. E in effetti, a giudicare dall'espressione dell'Ape Regina Alta, direi che Camille sta per essere stroncata fra tre-due-uno… ecco fatto. Non so cos'abbia detto, ma le ragazze del gruppo ridono. Tutte eccetto Camille, che adesso tace, con la bocca all'ingiù.

«Chi è quella alta, con tutti quei capelli?» chiedo.

Namita fa un verso che all'inizio penso si stia soffocando con una patatina. «Quella è Tyler Linney. Una stronza di prima categoria.»

«Non ti trattenere, Namita. Dimmi cosa ne pensi davvero.»

«Namita ha ragione» aggiunge Alfie con uno sguardo che dice che Tyler dev'essere stata stronza con lui anche più di una volta.

La mia curiosità sulle dinamiche del gruppo viene interrotta dall'apertura della porta. C'è uno strano silenzio e poi fa il suo ingresso Ethan Griggs. Ha una certa presenza scenica, questo glielo riconosco. Passa accanto al tavolo di Camille e le sue amiche e noto che Tyler gli sbava praticamente addosso.

«Ciao, Ethan» cinguetta fissandolo.

Lui la ignora e procede diretto verso il tavolo che Alfie aveva puntato all'inizio. Alfie lancia un'occhiata a Troy, che annuisce. A quanto pare quello è il posto di Ethan. Arrivano altri due ragazzi più grandi, senza uniforme, e iniziano a parlargli. Lui si appoggia allo schienale del divanetto e allunga un braccio, occupando tutto il posto possibile. A quanto pare gli altri due non hanno intenzione di sedersi. Uno va al bancone a prendere due lattine di Coca, poi torna al tavolo. Ne dà una a Ethan e l'altra la tiene per sé.

«Ma chi si crede di essere? Il capo della città?» Sono davvero sconcertata. Non ho mai visto un ragazzo con così tanto… potere? O non so cos'altro.

«Hai ancora intenzione di andarti a presentare, Eleanor?» chiede Troy di nuovo con quel ghigno fastidioso. «E cosa pensi di dirgli? "Scusa ma mi chiedevo se sei stato tu ad accoltellare Angus Marshall l'altro giorno."»

Quel che vorrei fare davvero è alzarmi e andare a casa, ma non voglio ammetterlo. Invece mi alzo e vado verso Ethan e i ragazzi con cui sta parlando. Lo vedete?

Queste sono le stupidaggini che faccio. L'idea di una cosa è sempre molto migliore, più facile o più lineare dell'azione reale. E ora mi ritrovo nel mezzo di un'azione di cui mi sto pentendo amaramente.

Sto per raggiungere il tavolo di Ethan ma, con una decisione all'ultimo secondo, viro verso destra. Mi ritrovo al bancone, con il ragazzo che ci sta dietro che mi guarda in attesa. Faccio mente locale per ricordare se ho qualche moneta in tasca.

«Ehm... un bicchier d'acqua, per favore» dico al ragazzo.

Lui fa una smorfia, ma prende un bicchiere e lo riempie dal rubinetto. Io intanto ho il cuore che batte a mille e cerco un modo per farmi coraggio e andare a dire qualcosa, una cosa qualunque, a Ethan. Ho bisogno di capire se quel tipo ha fatto del male ad Angus. O forse Angus cercava di dirmi qualcosa inviandomi quel messaggio e Ethan sa cos'è successo.

Prendo il mio bicchier d'acqua, faccio un bel respiro e mi dirigo di nuovo verso Ethan. E in quel momento vedo lui e un altro ragazzo che attraversano veloci il locale, diretti verso di me.

10

Mi tolgo di mezzo giusto in tempo, col bicchier d'acqua saldo in mano. Ethan Griggs e un altro tipo che lo tiene per il bavero della camicia sono a pochi centimetri da me e io non so dove andare, se non contro il muro o scavalcare il bancone. Scelgo il muro.

Ethan è vicinissimo a me, schiacciato contro il bancone, e vedo bene gli occhi spiritati del tipo che lo tiene stretto. Anche Ethan tiene l'altro per la camicia, ma occhi-spiritati sembra avere la meglio.

«Dimmi dov'è, Griggs!» Occhi-spiritati sputa in faccia a Ethan e lui si sposta leggermente in avanti per evitarlo. Gli dice qualcosa con un borbottio gutturale, ma io sono proprio lì e sento tutto.

«Non so di cosa stai parlando, Bren. Adesso mollami, cazzo!» Ethan parla a denti stretti.

«Tutte stronzate!» Occhi-spiritati – Bren – non molla

«Non qui, Bren. Non qui.» Sembra quasi che Ethan voglia calmarlo. «Stasera, d'accordo? Alle sette. Ci vediamo alla Sunny.»

«Ce l'hai tu? Lo sapevo che ce l'avevi tu.» Lo sguardo è ancora furioso, e non molla la camicia.

«Stasera» ripete Ethan. «Ma adesso esci da qui, ci siamo capiti?»

Bren esita per un istante, poi fa un passo indietro e con una mano liscia le pieghe che ha fatto sulla camicia di Ethan.

Ethan si raddrizza e si toglie di dosso le mani di Bren.

«Vattene!»

Bren accenna una risatina, ma poi annuisce, si gira ed esce dal locale.

È calato il silenzio totale e tutti guardano come incantati. Ethan passa in rassegna la stanza e il suo sguardo si posa su di me per un istante oltre la norma; io mi sento costretta a sorridere e sollevo il bicchiere in una sorta di brindisi.

«Ottimo lavoro» dico, e nello stesso istante desidero che il pavimento si apra e mi inghiotta.

Lui passa di nuovo in rassegna i tavoli e le facce attonite e urla, rivolto a nessuno in particolare: «Che cazzo c'avete da guardare?».

Come se qualcuno avesse fatto scattare un interruttore, la folla vociante riprende a parlare, anche se non con lo stesso gusto di prima della zuffa. Ethan torna al suo posto, scivola sul divanetto e prende un sorso dalla lattina mentre si sistema.

Io lo osservo per un attimo e lui solleva lo sguardo, oltre gli amici al suo tavolo, fino a me e mi fissa. Prendo in considerazione le diverse opzioni, ma non mi sembra proprio il momento adatto per andare a chiedergli come mai Angus mi ha mandato un messaggio con il suo contatto, quindi me ne torno da Namita, Troy e Alfie.

«È andata bene. Che dite?» affermo e mi siedo.

Troy scuote la testa e Alfie spinge le patatine verso di me.

«Prendine una, dai.»

Mezz'ora più tardi Alfie e Namita se ne sono andati; io e Troy camminiamo verso la fermata dell'autobus.

«Sei sicura che non vuoi venire con me? So che a mia madre non seccherebbe accompagnarti a casa» si offre Troy.

«Va bene così. Comunque, grazie» dico. «Tra l'altro, non credo di essere ancora emotivamente pronta a incontrare Barb.»

«Giusta obiezione.» Troy ride. «Ci vuole una forza particolare per affrontare il suo sguardo giudicante.»

Camminiamo in silenzio oltre i negozi di abbigliamento, un centro estetico e un edificio vuoto che una volta ospitava un negozietto di regali e lo studio di un tatuatore e che adesso è vuoto. Normale. Mi rendo conto di quanto sono a mio agio in presenza di Troy. E mi trovo bene nel nostro silenzio. È un'esperienza nuova per me e non so cosa pensare. A volte non sto bene neppure quando sto in silenzio in una stanza con Min. Forse perché lei è una conversatrice compulsiva e non riesce a stare neppure due secondi senza dire qualcosa. O forse perché io sono una che pensa troppo, sempre preoccupata di aver fatto qualcosa di sbagliato. Troy sembra essersi avvicinato a me senza troppi pregiudizi e a quanto pare gli piaccio e gli fa piacere stare in mia compagnia, anche se io non ci sto provando.

Alla fine Troy rompe il silenzio, ma non perché si senta in obbligo. Anche lui stava riflettendo e adesso è pronto a parlare.

«Cosa pensi di fare adesso? Credo che dovresti chiamare Holly e dirle di Ethan Griggs. Non ha una gran reputazione, Eleanor. E lei dovrebbe sapere cosa sta succedendo.»

«Non so.» E non lo so davvero. C'è qualcosa di Ethan che non mi convince. Del tipo che non è quello che sembra essere. Dopo tutti gli anni passati a fingere, credo di essere piuttosto brava a riconoscere chi fa altrettanto. Anche quando lo conosco solo di vista. Prendiamo Troy. È uno che è se stesso al centocinquanta per cento. È una qualità rara e incredibilmente apprezzabile, ma non ho intenzione di dirglielo. Quindi invece rispondo: «Una parte di me pensa che dovrei dire tutto alla polizia, ma allo stesso tempo cosa succederebbe se lui non c'entrasse nulla ed è tutto un malinteso e io lo do in pasto ai lupi? Mi sembra il tipo di ragazzo che non viene giudicato benissimo».

Troy fa spallucce. «Non puoi dare la colpa agli altri. Non è che lui si sbatta a comportarsi da cittadino modello.»

«Sì, ma tu stesso mi hai detto che la sua famiglia non ha una gran reputazione qui in città e che suo fratello è un tipo losco. Ma lui invece che cosa avrebbe fatto? A me sembra che tutti si siano fatti un'idea su di lui senza neanche dargli la possibilità di mostrarsi per quel che realmente è.»

«Che ragionamento maturo, Eleanor Jones.» Troy dà una scrollata alla testa di capelli biondi. «Eccoci qua. L'autobus dovrebbe passare a minuti.»

«Grazie, Troy» gli dico. «Davvero, non so perché sei così gentile con me, ma lo apprezzo.»

Lui corruga la fronte e la ciocca di capelli che aveva appena scansato dagli occhi gli ricade davanti. «Sei stata buona con Angus, quando nessun altro lo è mai stato, e credo che tu sia…»

«Cosa?»

«Ecco l'autobus» dice, e un'accozzaglia di persone comincia a pigiarsi tra me e Troy per raggiungere la porta che si apre con uno scricchiolio.

«Eh già.» Guadagno il mio posto nella fila. «Ci vediamo domani?»

«Certo.» Troy mi fa un cenno di saluto, poi gira sui tacchi, diretto verso la fine dalla via.

Quando salgo sull'autobus (centro, finestrino) controllo la fauna. I passeggeri a quest'ora del giorno rimandano un'energia molto diversa rispetto al chiacchiericcio tipico dell'inizio e della fine della giornata di scuola. C'è una mamma dall'aria esausta con un passeggino e due bimbi piccoli; un vecchio con una tosse secca che tutti gli stanno lontano; alcuni studenti più giovani di me e un ragazzo sulla ventina con la testa quasi rasata che mi ricorda il tipo dagli occhi spiritati da Morgan's. Come l'aveva chiamato Ethan? Bren. E visto che mi vanto di capire le persone a colpo d'occhio, la parola che userei per descrivere Bren sarebbe: instabile. In quel momento al bar, quando lui e Ethan mi erano così vicini, ho sentito uno strano fremito liberarsi da lui. Non mi è piaciuto per niente.

Ripenso alla conversazione tra Ethan e Bren. Bren voleva sapere dov'era. Chissà a cosa cavolo si riferivano. E poi Ethan aveva nominato la Sunny. Troy mi ha detto che era il nome della vecchia fabbrica di barattoli. Il posto dove Angus è stato accoltellato. Alle sette alla Sunny. Guardo l'orologio. 18:25.

Min sarà ancora al lavoro quando torno, quindi tocca a me preparare la cena. Però non c'è fretta. Magari se do solo un occhio, da lontano? Così avrò più chiaro se devo chiamare o no il sergente Holly. La sagoma scura della fabbrica si vede in lontananza dal finestrino, e prima di fare troppi ragionamenti, mi alzo e schiaccio il bottone per prenotare la fermata.

Ricordate quando ho detto che a volte preferisco l'idea di una cosa, più che non la cosa in sé? Mentre scendo dall'autobus avverto che forse questo è uno di quei momenti.

11

Poco oltre la fermata dell'autobus c'è un cartello arrugginito che indica la Sunrise Valley Foods. La frutta sull'insegna è così sbiadita che non riesco neppure a capire cosa poteva essere e le facce sorridenti della madre e dei bambini sono in perfetto stile anni Settanta. Com'è che non avevo mai notato il cartellone prima? Non è enorme, ma è sicuramente abbastanza grande da saltare all'occhio. Prendo la strada che porta alla fabbrica. A differenza di altre strade laterali della zona, questa è asfaltata, anche se è a carreggiata unica e piena di buche. Lungo entrambi i lati ci sono eucalipti affusolati; alcuni più grandi spiccano oltre gli arbusti più corti e striminziti. Più mi allontano dalla strada principale, più gli alberi si fanno grandi e fitti e il silenzio aumenta. Mi chiedo dove viva esattamente Angus Marshall. Qualcosa mi irrita un braccio. Scaccio via un insetto di una specie non meglio identificata. Il coefficiente di degrado è piuttosto alto da queste parti e improvvisamente sono contenta del posto in cui vivo, e anche dell'anziano signore con tutte le sue auto in giardino.

Cammino per dieci minuti buoni prima di arrivare all'ingresso della fabbrica. La recinzione in alcuni punti è caduta e ci sono buchi un po' dappertutto. I cancelli sono spalancati, il lucchetto rotto da tempo. La fabbrica è enorme. Per la maggior parte rivestita in ferro corrugato, ma un lato è in legno, tutto spellato. Ci sono alcune enormi porte scorrevoli, sicuramente per gli automezzi, che sono chiuse; dal punto in cui mi trovo vedo anche porte per le persone da entrambi i lati. C'è odore di polvere e di ruggine e il sole tiepido della sera sulla schiena sta iniziando a farmi sudare un po'. Scaccio un altro insetto.

Mi fermo a osservare e per la centesima volta mi chiedo cosa ci faccio qui e cosa sto cercando. Potrei semplicemente chiamare Holly, girarmi e andare a casa e invece vado verso una delle porte aperte. Sento un uccello cantare in lontananza e il cuore mi balza in gola. È solo un uccellino, Eleanor. Mantieni la calma.

Entro e pesto ghiaia e vetri rotti che scricchiolano sotto i piedi. Il posto è immenso. Le poche finestre sono rotte o coperte da un fitto strato di polvere e gli occhi ci mettono un po' a adattarsi all'oscurità. Le travi di legno del soffitto sono velate di ragnatele. Ci sono grandi macchinari in acciaio, dalla funzione sconosciuta, coperti di graffiti. Mozziconi di sigaretta, lattine e bottiglie vuote, vecchie sigarette elettroniche e rifiuti provenienti da una varietà di ristoranti takeaway riempiono il pavimento. Al centro dello spazio alcuni alberelli si sono fatti strada tra il cemento e cercano disperatamente di sopravvivere e, sopra di loro, un enorme orologio è fermo all'1:34.

Faccio qualche passo e sento il cuore battere troppo forte. Da un lato c'è un'enorme vasca in acciaio e, mentre ci giro intorno, vedo del nastro bianco e azzurro della polizia. Circonda una grossa chiazza scura sul pavimento e sento che mi viene da vomitare. Cosa cazzo ci faceva Angus Marshall qui dentro? E cosa ci faccio io?

Il rumore del motore di un'auto e degli pneumatici sul pietrisco all'esterno mi paralizza. Guardo il telefono. Le 19:05. Merda, ci ho messo più di quanto pensassi ad arrivare qui. Devono essere Bren e, dal suono del rombo di una motocicletta che si avvicina, Ethan Griggs.

Il cuore corre all'impazzata e il panico pervade il corpo. Mi guardo intorno, senza sapere dove andare. Non posso certo uscire. Che succede se mi vedono? Ma se entrano? Do una rapida occhiata allo spazio intorno a me e mi rendo conto che, accanto alla vasca ancora in piedi ce n'è un'altra di dimensioni simili, ma coricata su un lato. Il coperchio di circa un metro di diametro, ancora collegato al recipiente principale, è aperto e se mi accovaccio dietro potrebbe offrirmi riparo, tra la parete e chiunque entri nell'edificio.

Mi muovo svelta, corro verso quel punto e mi acquatto proprio mentre sento sbattere la portiera di un'auto. Da qui non vedo niente, ma sento dei passi che si avvicinano dalla parte opposta della fabbrica, e le voci di due persone che parlano mentre avanzano.

«E lui dov'è?» La voce è acuta, maschile, più vecchia. Non è né Bren né Ethan.

«Ha detto che veniva. Mi ha detto alle sette.»

Questo lo riconosco. Bren occhi-spiritati. Quindi la moto è di uno dei due. Ethan non c'è ancora.

«Ma ce l'ha con sé?» La voce del più vecchio è chiara, concisa, secca.

«Non lo so» protesta Bren. «Non l'ha detto. Ha detto solo di incontrarci qui.»

«Potrebbe essere una trappola, ci hai pensato?»

«Tu sei paranoico. Non mi tradirebbe mai. Conosco tutti i suoi segreti.»

«Gli do cinque minuti e poi me ne vado. Voi due mi state solo facendo perdere tempo.»

«Calmati, amico» dice Bren. «Ti ho detto che l'avrei ritrovato e lo troverò. So che il ragazzo lavorava con Griggs. Se c'è qualcuno che sa dov'è, quello è lui.»

«Fai un giro intorno» dice la voce più vecchia. «E vedi se è in arrivo.»

Sento i passi pesanti di Bren allontanarsi verso l'esterno mentre l'uomo che resta trascina i piedi sul pavimento. Si schiarisce la gola e io mi schiaccio ancora di più nella mia posizione scomodissima, col desiderio di farmi quanto più piccola e invisibile possibile. Mi sembra che il respiro sia troppo rumoroso. Deglutisco e cerco di fermarlo. Ma anche quando inghiotto faccio un rumore troppo forte. Mi viene da piangere. Che cretinata.

Mi sento stranamente sollevata quando Bren rientra nella fabbrica, i suoi passi riecheggiano nel vuoto e quel rumore distoglie l'attenzione dal mio respiro.

«Non c'è traccia di lui. Non capisco. Sono sicuro che mi ha detto...»

«Sei un deficiente!» sibila l'uomo e io mi accartoccio ancora di più. «Non sai cosa ti ha detto poco fa e non sai neanche se adesso è lì fuori o no. Ma guardati. Sei strafatto.»

«Non fare il perfettino con me, amico» sbotta Bren. «Conosco anche un po' dei tuoi, di segreti.»

L'uomo fa un verso che non riesco a interpretare e poi lo sento che si allontana. L'auto si mette in moto e il rumore del motore piano piano svanisce. Rimango accovacciata in silenzio, nonostante il dolore sempre più intenso alle gambe, e aspetto che anche Bren se ne vada. Ormai fuori deve essersi fatto buio perché da qui dove sono, faccio fatica a vedere.

Bren si mette a camminare avanti e indietro su chissà quale tipo di immondizia. All'improvviso si sente il rumore di qualcosa che si rompe, seguito da una serie di improperi, alcuni dei quali non credo che nemmeno Min li conosca. Sento altri passi e poi più niente. Mi sta per venire un crampo alla gamba sinistra. Vorrei che Bren se ne andasse in fretta. Cerco di allungare la gamba come fanno quei ballerini cosacchi, poi avverto un fruscio sul pavimento.

«Chi c'è?» dice Bren. Io rimango impietrita, con un piede allungato e l'altra gamba piegata.

«Sei tu, Griggs?» Sembra arrabbiato. «Sei stato qui per tutto il tempo? A farmi fare la figura dello scemo, brutto stronzo.»

Lui parla e la voce si muove nello spazio. Sta cercando di scovarmi. Devo uscire da qui. Faccio una smorfia di dolore mentre cambio posizione il più possibile in silenzio e con garbo, e mi metto a quattro zampe. Prendo lo zaino e me lo infilo, poi molto lentamente gattono dietro il coperchio, in direzione della porta da cui sono entrata. Come una tartarughina… o in realtà sono una testuggine? Che sono quelle con le zampe e i piedi. Le tartarughe invece sono quelle che nuotano e hanno le pinne. Oh, ma porca miseria, Eleanor. Ma davvero? È lì che ti porta il tuo cervello in un momento di estremo pericolo? Concentrati.

«Lo so che c'è qualcuno…» Il tono di Bren è tutto cantilenante adesso e io sono terrorizzata. «Dove sei?»

Vedo la sagoma della porta e capisco che non ho altra scelta. Devo fare una corsa fino a là. Mentre raggiungo il bordo della vasca, che è la mia unica copertura, faccio i conti che ci vorranno sei passi lunghi per arrivare alla porta. Spero che Bren sia ancora sull'altro lato del capannone e ci metta un po' a raggiungermi.

Uno, due, tre… via!

Non mi guardo alle spalle mentre corro verso la porta, con le gambe paralizzate dal dolore.

Sento Bren che urla. «Una scolaretta del cazzo!»

Sono quasi arrivata al cancello quando mi rendo conto di non sentire più passi dietro di me. Forse Bren ha capito che non ero una minaccia? Forse ha pensato che non valesse la pena rincorrermi.

Il rumore di una moto alle mie spalle mi informa che il mio ottimismo era mal riposto. Ha deciso di inseguirmi in moto. Non posso andare più veloce di lui! Mentre raggiungo la strada prendo una decisone rapida. Sull'asfalto mi prenderebbe subito, ma se scappo per la boscaglia ho qualche possibilità in più. Corro direttamente verso gli sterpi e i cespugli più bassi mi feriscono gli stinchi. Il sole sta tramontando e tutto sembra grigio, ma comunque vedo le sagome e riesco a schivare gli alberi mentre corro. Ogni volta che ne raggiungo uno abbastanza grande da nascondermi, mi fermo e cerco di riprendere fiato. Sudo e le gocce scendono lungo il collo. Devo cercare di ignorare la sensazione di prurito. Non sono abbastanza sportiva per questo genere di avventure.

Sento il rumore della moto sempre più forte, ma capisco che per lui non è così facile muoversi tra la boscaglia. Non procede veloce come potrebbe. Faccio un bel respiro e riprendo la corsa. C'è un eucalipto gigante a pochi metri e posso arrivarci, nonostante la fitta al petto.

Copro la distanza e mi appoggio al tronco ruvido, con il cuore che batte così forte da risuonarmi nelle orecchie. Credo che il cervello mi stia facendo brutti scherzi, perché adesso mi sembra di sentire il rumore di due moto. Una più vicina e poi un'eco in lontananza. Non posso continuare a correre. Le gambe fanno malissimo e non riesco più a respirare. Lui si sta avvicinando e sa dove sono. Gli ho praticamente spianato il sentiero. Abbasso lo sguardo e decido di lasciarmi cadere a terra e arrendermi, ma in quel momento noto un grosso pezzo di legno. Guardo in su. Qualcuno, a un certo punto, ha trasformato questo albero in una casa sull'albero: ci sono piccoli pezzi di legno inchiodati al tronco che fanno da gradini e una piattaforma tra i rami, molto in alto. Una delle assi della piattaforma è caduta. Per un attimo valuto l'idea di salire lassù e nascondermi, ma do uno strattone allo scalino che sporge all'altezza del petto e quello si stacca subito e mi cade sui piedi. Raccolgo da terra la grande asse di legno e la soppeso tra le mani. Robusta, resistente.

Sento la moto che si avvicina, il motore che va su di giri quando Bren s'infila in una parte di sentiero che gli ho involontariamente sgombrato. Prendo il coraggio di sporgermi dall'albero e vedo che ha acceso il faro; il casco lucido che ballonzola di qua e di là è l'unica parte di lui che riesco a distinguere. Faccio un bel respiro e sistemo l'asse di legno in posizione orizzontale, più o meno all'altezza del casco, in modo che sporga verso il sentiero, a lato dell'albero. Mi giro e mi ci appoggio contro con tutto il peso e lo zaino che lo tiene in posizione. Chiudo gli occhi, incrocio le dita e spingo con forza.

Dopo un attimo sento uno schianto e allo stesso tempo una pressione sulla schiena: vengo scaraventata tra i cespugli e atterro tra un gruppetto di alberi. La moto si è fermata, ma l'eco c'è ancora. Mi alzo, lentamente mi avvicino all'eucalipto e guardo oltre. La moto è caduta di lato, la ruota continua a girare, il faro è acceso. Bren è a terra immobile.

Pensavo che il cuore non potesse battere più forte di così, e invece no. Ma cosa pensavo? E se l'ho ucciso? Che cretinata. Non sono mica Kevin McCallister in *Mamma ho perso l'aereo*. Sono Eleanor Jones, una pallosissima ragazzina di scuola superiore. Faccio un passo avanti, terrorizzata all'idea che non respiri o che si alzi di scatto e mi afferri.

Sto per fare un altro passo quando mi rendo conto che quel che sento non è un'eco. È un'altra moto, e sta puntando dritta verso di me.

12

Dicono che ognuno di noi ha una sua reazione istintiva quando è terrorizzato, avete presente? Qualcuno attacca, qualcun altro fugge oppure si paralizza. Be', vista e considerata la mia fuga dalla fabbrica, avrei pensato di far parte di quelli che fuggono. E invece quando la seconda moto si ferma davanti a me e il suo pilota scende e si toglie il casco, mi rendo conto che sono più il tipo che rimane paralizzato. Porca vacca.

Per via della luce della moto di Bren non riesco a vedere chi è l'amico, ma sono stranamente sollevata dal fatto che si diriga verso il corpo inerte di Bren anziché scagliarsi contro di me. Scappa Eleanor, scappa. Ma non riesco a muovermi, nemmeno di un centimetro.

«Non l'hai ucciso» dice il motociclista misterioso. Si è chinato e tasta il collo di Bren, immagino per capire se c'è il battito. Io sospiro sollevata. Sarebbe stata legittima difesa, se l'avessi ucciso, ma sarebbe stato comunque un gran casino, quindi sono sollevata.

Il motociclista si alza e parla di nuovo: «Ma tu chi cazzo sei? Non ti ho mai vista prima in vita mia e poi ti vedo tre volte nello stesso giorno».

Fa un passo avanti, nel fascio di luce e vedo che altri non è che Ethan Griggs. Io arretro.

«Sta' tranquilla. Non ti faccio niente.» Solleva la mano per dar maggior credito alla sua affermazione. «Eri a scuola stamattina... quindi vai nella mia scuola. Eri da Morgan's nel pomeriggio. E poi sei arrivata alla Sunny alle 18:45... poco prima di Bren.» Si avvicina di un altro passo e io indietreggio.

«Ma chi sei?» chiede di nuovo Ethan.

«Eleanor Jones.» Non so che altro dire. «Sono nuova.»

«Tu sei Eleanor Jones?» Sgrana gli occhi. «Tu sei quella a cui Angus ha scritto prima di...»

Faccio un altro passo indietro e inciampo contro un alberello.

«Come fai a sapere che mi ha mandato un messaggio? La polizia ha detto... Sei stato tu? È per quello che mi ha mandato il tuo contatto? E tu l'hai cancellato! L'hai accoltellato?» La voce sempre più acuta per la paura e la rabbia.

Ethan solleva di nuovo le mani. «Wow! Datti una calmata. Io non ho fatto del male ad Angus. Era mio amico. Anch'io sto cercando di capire cosa può essere successo.»

Non riesco a trattenermi. E sbuffo.

«È una storia lunga. Ti prego, fammi spiegare» dice Ethan. «Se lui si fidava di te, forse posso farlo anch'io.»

Scuoto la testa. Ma questo pensa che io sia così stupida? Alle sue spalle sento un grugnito. È Bren che cerca di muoversi.

Ethan guarda nella direzione da cui proviene il suono e mi lancia il suo casco, che io afferro senza pensarci e mi do una pacca virtuale sulla spalla per questa splendida azione. Di solito faccio schifo a prendere roba al volo. Lui raggiunge svelto la sua moto, passa di fianco a Bren e viene verso di me. Una volta lontano da Bren e dalla sua moto, sale in sella.

«Salta su» mi dice.

Io lo guardo priva di espressione.

«Sbrigati.»

«Uhm... direi proprio di no» rispondo. «Non esiste che salgo su 'sto coso.»

«Eleanor, non c'è da scherzare. Fra un po' quello si alza e non voglio nemmeno pensare a quel che potrebbe fare a te, e anche a me, nello stato in cui si trova. Diciamo che non è esattamente il tipo con cui ti siederesti a fare due chiacchiere al bar. Dobbiamo andare.»

Scuoto la testa con determinazione. «No, no e no. Mia madre lavora al pronto soccorso. Mi ha detto cosa succede alla gente che cade in moto. Ho la gonna e non voglio finire spellata viva.»

Ethan fa un sospiro. All'inizio penso che voglia urlarmi addosso, ma a quanto pare sta riflettendo su cosa dire.

«Eleanor, ti fidi di me?»

Esito per una frazione di secondo, ma mantengo la posizione. «No, per niente affatto. No, no.»

Bren grugnisce di nuovo e prova a sollevare la testa e a mettersi seduto. Ethan guarda prima lui e poi me.

«Cristo, ti metti a fare la spiritosa proprio adesso? Senti, sono un bravo pilota. E starò super attento, ma adesso dobbiamo andare via da qui. Affare fatto?»

Prendo brevemente in considerazione le opzioni che ho. La strada da qui a casa è lunghissima. E c'è buio, il che non è particolarmente divertente. Soprattutto con uno come Bren, incazzato, alle calcagna. Guardo il casco e Ethan lascia andare il respiro che stava trattenendo.

Mi aggancio il casco mentre Ethan mi dà istruzioni.

«Metti la gamba qui su. No, qui. Come su una bici. Sei mai salita su una moto normale prima? Tieni su i piedi. Io tengo l'equilibrio. Reggiti forte, okay?»

«Che prepotenza» dico, ma faccio come mi dice.

Sono contenta che la visiera del casco mi copra la faccia, perché sto morendo di paura. Min uscirebbe di testa se sapesse che sto salendo volontariamente dietro a qualcuno su una moto. E se facciamo un incidente? E se finisco al pronto soccorso tutta scorticata e Min deve curarmi? E se muoio? Min mi ucciderebbe! E inoltre ho addosso le mutande vecchie che si infilano tra le chiappe perché sono piccole e sono tutte sbiadite e dietro hanno i Pokemon. Nessuno deve vederle.

Ethan mette in moto con un rombo e io mi aggrappo alla sua giacca con entrambe le mani. Fa un semicerchio e accende il faro. Ora vediamo bene Bren, carponi che cerca di alzarsi. Ethan parte, attraverso le sterpaglie, lungo il sentiero da cui siamo arrivati e io smetto di cercare di aggrapparmi alla giacca e gli stringo le braccia intorno alla vita, nella speranza di non lasciarci la pelle.

13

Mi piacerebbe poter dire che la mia prima esperienza in moto si sta rivelando eccitante ed entusiasmante e davvero fantastica, ma la verità è che mi sto praticamente pisciando addosso. Quando arriviamo sulla strada principale Ethan si ferma, come promesso. Mi chiede dove vivo e poi mi fa notare che non ci sono più autobus a quest'ora, ed è così che finiamo a parlare sulle altalene arrugginite di fronte a casa mia, con la moto parcheggiata a distanza di sicurezza dal mio corpo.

Aveva ragione a proposito della guida sicura, ma mentre striscio i piedi nella sabbia dondolando avanti e indietro non posso fare a meno di notare che le mie mani tremano. Afferro la catena di metallo dell'altalena per nasconderlo.

«Okay, spara» gli dico. «Com'è che tu e Angus Marshall siete amici? E se davvero non c'entri niente, allora perché ti dovevi incontrare con quei due tizi nel posto più inquietante della città, che tra l'altro è anche il posto in cui Angus è stato accoltellato… e come fai a sapere dei messaggi che lui mi ha mandato?»

«Non sono come tutti pensano…» esordisce Ethan.

Scuoto la testa. «Non m'importa di questo. E non m'importa di te, a essere sincera. Dimmi di Angus.»

Ethan scuote la testa e gli scappa quasi da ridere. Sbuffa e accenna un sorriso. «Perché non mi dici di te, invece?»

Gli rivolgo una delle mie peggiori occhiatacce, di quelle che dicono che non sono in vena di stronzate. Lui sembra cogliere il messaggio. Si schiarisce la gola e fa la faccia seria.

«Angus mi ha aiutato per tutto l'anno: in matematica e in chimica. Lo so che sembra assurdo visto che lui è un anno indietro rispetto a me. Ma il ragazzo è super intelligente, roba da matti.»

Fa una pausa e mi guarda per assicurarsi che io abbia capito. Gli occhi come quelli del labrador del mio vecchio vicino: marrone cioccolata, ebeti e lucidi. Io annuisco e lo lascio continuare.

«A dire la verità andiamo molto d'accordo» dice. «Anche lui è sempre stato un emarginato. La gente è intimorita dal suo cervello… così come è intimorita dalla mia famiglia.»

Lui abbassa il tono e io resto lì tranquilla, in attesa che sia pronto a riprendere. «E comunque stava andando tutto bene. I miei voti non sono mai stati così alti e un paio di insegnanti mi hanno addirittura detto che potrei anche riuscire a entrare in una qualche università. Ci credi? Potrei andarmene da questa città e non essere costretto a lavorare nelle miniere come mio fratello e spendere tutti i soldi a bere o impasticcarmi, quando non lavoro. Potrei anche fare *qualcosa*. Sarei il primo della mia famiglia ad andare all'università. Sarebbe fantastico, non credi?»

Sembra realmente eccitato all'idea. Non corrisponde affatto a tutto quel che mi hanno detto di lui fino a ora. O meglio, a tutto quello che mi ha detto Troy. E intanto gongolo al pensiero che forse avevo ragione su di lui, ma non dimentico che lo scopo di questa conversazione non è capire se ho ragione o meno. Per cui resto in silenzio e lo lascio continuare.

«Qualche settimana prima della fine dello scorso semestre qualcosa è cambiato in Angus. Era sempre in ritardo, nervoso, sempre teso, hai presente? Ho pensato che ci fosse qualcosa che non andava. Credevo che me ne avrebbe parlato, se era importante. Non l'ho visto per tutte le vacanze, ma poi, quando è iniziata la scuola, la scorsa settimana, era messo malissimo. Gli ho chiesto subito cosa stava succedendo e lui mi ha risposto che non poteva dirmelo. Non poteva dirlo a nessuno.» Ethan fa una smorfia al pensiero e si prende una pausa prima di continuare. «Quando aveva iniziato a darmi lezioni, io non volevo che si sapesse in giro. Ero imbarazzato. Già tutti pensano che io sia uno zoticone poco intelligente e non volevo che lo pensassero ancora di più a vedermi prendere lezioni da un ragazzino, anche se è il più bravo della scuola.

«Ci trovavamo a casa sua, quando suo padre non c'era, e altre volte ci incontravamo alla Sunny. C'è una zona, in fondo, dove ci sono delle vecchie panchine e dei tavoli – dove gli operai pranzavano – e se c'è bel tempo non è male sedersi lì a lavorare. Lunedì ero in ritardo e quando sono arrivato c'era Bren Roberts che dava il tormento ad Angus.»

Fermo l'altalena e fisso Ethan. «Pensi che sia stato Bren ad accoltellarlo? Avrei dovuto dargli un altro colpo alla testa con quel pezzo di legno!»

Ethan aggrotta la fronte. «Questo è quanto. Non lo so per certo ed è quello che voglio scoprire. Un tempo Bren usciva con mio fratello. Non era un cattivo ragazzo... prima. Era un tipo a posto, abbastanza intelligente e gentile. Adesso è un drogato totale e a quanto pare gli piace attaccare briga. E tra le altre cose ha smesso di essere solo un acquirente ed è diventato uno spacciatore. Si è messo a fare il bullo, come se fosse il padrone della città, ma io lo conosco. La droga gli ha fuso il cervello. È la persona meno motivata e meno organizzata che io conosca. Non è esattamente il tipo da mettersi nel giro della droga.»

«Il giro della droga?» Mi fa quasi ridere, perché mi sembra assurdo. Cioè, non siamo mica a New York. E nemmeno a Sidney. Siamo in una cittadina di provincia in mezzo al nulla. «Stai scherzando, vero?»

Ethan mi guarda, con la faccia serissima. «Come altro vorresti chiamarlo? Ho visto più droga girare in questa città negli ultimi sei mesi che in tutto il resto della mia vita e puoi credermi se ti dico che mio fratello conosceva tutti i criminali della zona. Ce n'erano alcuni che facevano avanti e indietro dalle grandi città e vendevano roba agli sfigati e ai ragazzini delle superiori che avevano voglia di morire, ma non è mai stato così.»

«Aspetta» il mio cervello si mette in moto. «Troy mi ha detto che sono stati accoltellati e uccisi due tizi nelle ultime settimane, da queste parti. Ha detto che erano più grandi e nel giro della droga. Quindi è tutto collegato?»

«Troy? Troy Masterson?» mi chiede Ethan. «Che rapporto hai con Troy?»

«Lui è...» Ottima domanda. Chi è Troy per me? Faccio spallucce. «Un amico, direi.»

Ethan annuisce, come se fosse la risposta corretta. Voglio dirgli che anche Namita e Alfie sono amici, ma mi rendo conto che non gliene potrebbe fregare di meno della mia rete di conoscenze in espansione, quindi taccio. Mi sento accaldata e confusa.

«Erano tutti e due spacciatori locali.» Ethan sembra quasi sollevato di poterne parlare con qualcuno. «È per quello che sospettavo di Bren. A lui conviene avere meno concorrenza negli "affari". Però proprio non riesco a capire cosa c'entri Angus in tutto questo.»

«Aspetta un attimo» gli dico. «Non mi hai detto niente della faccenda dei messaggini. Come facevi a sapere di me? E dei messaggi sul telefono di Angus? La polizia ha detto che non c'erano altri messaggi. Solo il mio a lui.»

Ethan scrolla la testa. «Sono stato un cretino. Mi ha preso il panico.»

«E quindi?»

«Martedì, dopo la scuola, sono andato da Morgan's, come al solito. E poi avevo intenzione di andare a casa a studiare, ma quando ci sono passato davanti ho visto che c'era mio padre e non avevo voglia di vederlo. Quindi sono andato alla Sunny, per sedermi a uno di quei tavoli. Io passo dal retro, dallo sterrato, per arrivarci. Poco dopo il mio arrivo, una macchina è uscita dal cancello principale. Non l'ho vista, l'ho solo sentita. Sono andato a controllare... Ero curioso... e Angus... era lì per terra... e c'era tutto quel sangue...»

Scuote la testa e mi guarda. Vedo gli occhi lucidi sotto la luce del lampione. Sembra distrutto.

«Angus aveva il telefono in mano e respirava, ma era svenuto. Gli ho preso il telefono e ho visto che stava cercando di chiamare suo padre. Volevo chiamare i soccorsi ma ho visto la schermata dove c'era il messaggio diretto a te, con il mio contatto. Sapevo che se arrivava qualcuno e mi trovava lì con lui, era un casino... Ho cancellato i messaggi che aveva mandato e poi stavo per chiamare aiuto, te lo giuro. Però ho sentito arrivare un'auto. Ho pulito il telefono e sono scappato. Era suo padre...»

Il cervello viaggia a mille. Non so se credergli o no. Si è comportato proprio da stronzo, a non chiamare subito i soccorsi, ma un po' di ragione ce l'ha. Tutti gli avrebbero dato subito la colpa, a trovarlo lì. La sua spiegazione ha senso e non lo biasimo. Penso che al posto suo, io avrei fatto lo stesso. Ci rifletto un attimo e poi passo alla domanda seguente.

«Da Morgan's Bren ti chiedeva se "lo" avevi tu. Di cosa stava parlando?»

Ethan fa spallucce. «Non lo so. Era completamente fuori e non aveva molto senso chiedergli a cosa si riferiva. Ho pensato che era meglio distrarlo. E ho pensato anche che se gli davo appuntamento dov'era successo tutto, forse si sarebbe fatto vivo anche il colpevole.»

Mi rendo conto che ho completamente rovinato il piano di Ethan, ma lui non sembra arrabbiato con me. «Il tizio in macchina» dico e sospiro.

«Il tizio in macchina» conferma Ethan. «Bren c'entra di sicuro, in qualche modo, ma sinceramente non credo che sia stato lui ad accoltellare Angus.»

Ripenso alla conversazione tra l'uomo e Bren, alla Sunny. Ethan ha ragione. Bren sembra uno sfigato totale, ma uno di quegli sfigati che magari ti picchiano, però non ti accoltellano. Ma io cosa posso saperne di che tipo di persona può essere quella che ha fatto una cosa del genere? Sono talmente maniaca del controllo che non prendo nemmeno lo sciroppo per la tosse extra forte perché mi intontisce. Non sarei assolutamente in grado di sopportare gli effetti che la droga sembra avere sul cervello, figurarsi se capisco come ti fa ragionare. O non ragionare. Guardo Ethan e la sua faccia da cucciolo abbandonato e forse sono solo una credulona ingenua che ascolta un povero perdente, ma gli credo.

«Ethan?»

«Dimmi.»

«Mi dispiace di aver pensato che eri uno spacciatore assassino psicopatico, con un coltello.»

Questa volta ride. «Be', grazie Eleanor Jones per avermelo detto. E come potevi fare? Angus ti ha solo dato il mio nome.»

«E delle lettere assurde» aggiungo.

«Sì, non so cosa fossero.»

«Nemmeno io.»

Rimaniamo in silenzio, ciascuno sulla sua altalena che scricchiola malamente sotto il peso del corpo. Il rumore è molto acuto e non aiuta il cervello a mettere insieme i puntini. Non ci capisco nulla.

«Tu stasera avevi appuntamento con Bren. Però non c'eri...» inizio.

Ethan sospira. «Avevo pensato di entrare dopo di lui. Volevo vedere se arrivava con qualcuno. Poi ho visto te, che arrivavi alla Sunny dalla parte dei tavoli e ho pensato che era meglio star fermo. Non volevo che tu fossi coinvolta. Ho sperato che te ne saresti andata prima dell'arrivo di Bren. Ma lui e chiunque fosse la persona in macchina sono arrivati dall'altra parte e non sono riuscito a vedere l'auto. Era una berlina bianca. È l'unica cosa che ho visto. Poi, quando la macchina se n'è andata, ma Bren no e neanche tu, ho cominciato a preoccuparmi. Sono rimasto nascosto e ho pensato che potevo distrarlo mentre tu scappavi, ma lui non mi ha nemmeno notato. Era troppo concentrato a prenderti. Devi aver avuto una bella paura.»

«Sì, non è stato di sicuro il momento più divertente della mia vita» concordo. «Ethan, ascoltami. C'è una tizia della polizia. Sembra simpatica. Forse dovrei dirle di Bren? Così magari lo controlla.»

Ethan scuote la testa. «Sento di essere vicino alla soluzione. Con la polizia tra i piedi, ho paura che si incasini tutto. Ho bisogno ancora di un po' di tempo.»

«E adesso cosa pensi di fare?»

«C'è una festa domani sera» dice Ethan. «Più che altro gente dell'ultimo anno, ma anche qualcuno più piccolo. Bren ci va di sicuro, a cercare di rifilare pasticche o fumo, e deve essere sobrio, visto che va lì per vendere. Cerco di beccarlo lì. Forse mi sa dire qualcosa, se è lucido.»

«O magari ti uccide» suggerisco.

Entrambi ci giriamo verso un'auto che entra nella via, con i fari che ci accecano. Rallenta avvicinandosi a noi e sento la stessa paura che ho provato prima, quanto Bren mi seguiva. L'auto si ferma proprio davanti a noi e mentre il finestrino si abbassa, mi rendo conto che è Min.

«Eleanor?» Ha un'espressione confusa e lo sguardo si sposta tra me, Ethan e la moto, parcheggiata di fianco alle altalene. «Cosa ci fai lì?»

«Ah, ciao Min» dico, incredibilmente sollevata che non sia qualcuno che mi sta dando la caccia, senza però notare che lei non sembra affatto contenta della situazione. Forse qualcuno che mi dava la caccia era il minore dei mali. Mi alzo in piedi e mi sistemo i vestiti. «Min, lui è Ethan. Fa la mia scuola.»

«Ciao, Ethan» dice Min sottolineando ogni sillaba. «È tardi, Eleanor. Forse è meglio che rientri. Ethan lo vedi domani. Di giorno.»

«Sì, be'...» Ethan si alza nervoso e lo spostamento

del peso fa scricchiolare tutta l'altalena. «È stato un piacere conoscerla, Min. Grazie della chiacchierata, Eleanor Jones. Ci vediamo.»

Gli assesto una piccola pacca sul braccio per fargli capire che Min non è uno di quei genitori di cui preoccuparsi più di tanto, ma ormai è tardi. Il tempo che prendo lo zaino e me lo butto sulla spalla, e lui è già salito sulla moto, e ha il casco in mano. Min strizza gli occhi, come se stesse cercando di capire cosa c'è tra di noi, poi mette la marcia ed entra nel vialetto di casa.

«Me lo fai sapere se scopri qualcosa di nuovo?» dico a Ethan mentre mi avvio. «Penso che ci sia un motivo se Angus ha mandato a me il tuo nome. Forse perché tu e io sappiamo più di quel che pensiamo di sapere?»

«Vuoi la verità? Credo che faresti meglio a starne fuori, Eleanor. Bren non sarà un assassino, ma non ha tutte le rotelle a posto. Anche se fino a oggi ho sempre pensato che fosse innocuo. E chiunque sia l'altra persona, quella che va in giro a pugnalare la gente… be', non credo che tu voglia averci niente a che fare, giusto? Dammi un altro giorno per vedere se scopro qualcosa, e poi chiamiamo la tua amica poliziotta.»

«Direi di sì» dico, con la vocina saggia nella mia mente che ripete il mantra "niente drammi". «In bocca al lupo.»

Ethan s'infila il casco e mi fa un cenno di saluto prima di partire. Il motore risuona ancora più forte nel silenzio della sera.

Rientro in casa, ripensando alla conversazione per recuperare tutte le informazioni, ma non faccio in tempo a varcare la soglia che Min mi si piazza davanti, a braccia conserte, il piede che batte per terra e il comportamento più da madre che io le abbia mai visto.

«Eleanor Jones» mi dice. «Cosa. Stai. Combinando?»

14

«Di che parli?» Mollo lo zaino a terra e vado in cucina a cercare qualcosa da mangiare.

«Di questo!» Min fa un gesto ampio. «Di tutto quanto. Di quell'uomo. Della motocicletta. Delle gambe tutte graffiate. Della faccia sporca. C'è buio e tu stai seduta lì fuori con un uomo.»

«Non è un uomo. Ad ogni modo, che cos'è che rende uno tecnicamente un uomo? Quando compie diciotto anni? Forse diciott'anni ce li ha. Non gliel'ho chiesto. Potrebbe.» Mi specchio sul bollitore. Ho davvero la faccia sporca? Forse un po'. Cerco di pulirla, ma non serve a nulla.

«Eleanor!» Dal modo in cui pronuncia il mio nome mi chiedo se è arrabbiata o anche un po' impressionata.

Mi giro verso di lei. «Ascolta, Min, quando mai ho fatto un'azione che potesse deluderti o qualcosa di immaturo in vita mia?»

Lo ammetto, la domanda è un po' ingiusta. Dovete sapere che, in genere, nel nostro rapporto, quella che fa la parte della grande sono io. Min aveva diciannove anni quando mi ha avuta ed era convinta di essere decisamente troppo giovane per essere madre… ragion per cui insiste perché io la chiami "Min", come fossimo amiche, anziché "mamma". Mi ha sempre parlato come se fossi una sua pari piuttosto che sua figlia e un sacco di sere è tornata a casa – sia dal lavoro che da una serata fuori – e c'ero io a prepararle la colazione la mattina dopo, o a pulire la casa. E mi preparavo il pranzo, facevo il bucato o… insomma, ho reso l'idea.

E non me ne lamento, sia chiaro. Min è fantastica e la amo più di quanto la maggior parte delle persone ami i propri genitori. In effetti è la persona più figa che io abbia mai conosciuto, anche se non glielo direi. Cioè, sarebbe fantastica se fosse una zia bislacca, di quelle che arrivano dopo un viaggio incredibile insieme a un qualche artista eccentrico che ha mollato per mettersi con il leader di una band. Avere una persona di questo tipo come madre, però… diciamo che sospendo il giudizio sugli effetti che avrà avuto su di me il suo approccio genitoriale fuori dagli schemi. Onestamente a volte mi piacerebbe essere io quella che viene accudita, anziché essere io quella che pensa a tutto. Alla mia ottava scuola superiore ha provato a spronarmi. Mi ha detto di farmi degli amici, di andare alle feste, di innamorarmi… qualunque cosa pur di non rimanere a casa a leggere libri o guardare film (non che io abbia capito esattamente cosa c'è di male in una di queste cose, ma questo filone di pensiero lo lascio per un'altra volta).

La guardo in faccia e intuisco che sta pensando le stesse cose anche lei.

«Hai ragione» dice e va verso il frigo. Prende un vaso di Nutella dal ripiano più alto e un grappolo d'uva dal mezzo. Io seguo l'esempio e prendo due cucchiaini dal cassetto e insieme andiamo a sederci in salotto.

«Dimmi di questo Ethan, che sembra un uomo fatto e finito» dice.

Lo faccio. Le racconto dei messaggi di Angus cancellati e le cose che mi ha detto Ethan, su Angus che gli dava lezioni e su Bren. Decido di non dirle niente della mia visita improvvisata alla Sunny, né del fatto che Bren mi ha inseguita in moto tra le sterpaglie e che l'ho fermato con una botta in testa. È vero che siamo oneste e aperte l'una con l'altra, ma non sono un'idiota totale.

«Okay...» esordisce Min. «E sei d'accordo con lui? Di non contattare Holly per dirle di questo Bren?»

Annuisco, anche se non ne sono del tutto sicura. «Per ora.»

Min mi guarda in silenzio per un attimo e mi chiedo se abbia una sua teoria. E invece ripiega sulla solita Min-ità.

«Stasera metti nel letto dell'onice nero, va bene? Perseveranza, determinazione, indipendenza. Non farti influenzare da quel che un ragazzo qualunque ti dice.»

Alzo gli occhi al cielo. «Cosa ti direbbero le infermiere e i dottori al lavoro se sapessero che credi davvero nel potere curativo delle pietre? Perderesti di credibilità, lo sai.»

Si è distratta di nuovo e non coglie la mia frecciata. «E qual è la storia dei graffi sulle gambe e la faccia sporca?»

Cazzo.

Faccio spallucce. «Sono scesa dall'autobus una fermata prima» mento «e ho cercato una scorciatoia tra la boscaglia. Ma alla fine non era una scorciatoia.» Spero che non noti che non la sto guardando negli occhi.

«E poi hai telefonato a un tizio che poteva essere la persona che ha accoltellato quel povero ragazzo e l'hai fatto venire a casa tua?»

«Non ho mai pensato che Ethan fosse quello che ha colpito Angus» bofonchio con la Nutella in bocca.

«Perché? Solo perché è così carino?»

Sgrano gli occhi. «Esatto? Grazie. Lo è. È davvero carino. E credo che i vestiti, i capelli e la moto siano solo una distrazione, perché non si noti la faccia.»

«È l'unica cosa che ti salva, finora, Len.» Sventola il cucchiaino sporco di cioccolata alla nocciola verso di me. «So che non mi stai raccontando tutto, ma so anche che non sei innamorata del tizio con la moto e che non fuggirai con lui, perché è decisamente troppo carino per te.»

«Dovrei sentirmi offesa da questa tua deduzione?»

«Niente affatto, tesoro.» Min cambia posizione, da appallottolata accanto a me che era, allunga le gambe e posa allegramente i piedi sul tavolinetto. «Lo so che ti piacciono i tipi interessanti. Ti sono sempre piaciuti gli interessanti.»

Sospiro. «Ho l'impressione che continuerai a rinfacciarmi per tutta la vita che la mia prima cotta me la sono presa per Olaf.»

«E non per Kristoff… e nemmeno per il bel principe, per quanto odioso. Santo cielo!»

«Hans. Era un coglione. Dovresti essere contenta che non mi sia innamorata di lui.»

«Ma il pupazzo di neve, Eleanor?! Volevi che Anna o Elsa si mettessero con il pupazzo di neve!»

«Che ti devo dire? Era divertente e gentile. È ovvio che mi interessa la personalità. La sostanza vince sempre sullo stile, Min.»

Lei butta indietro la testa e ride. La sua risata è buffissima. Inizia con un risolino che poi diventa un grugnito e la fa ridere ancora di più e finisce in un sibilo acuto. Stasera spero intimamente che arrivi al sibilo, perché è da tanto che Min non mi regala una bella risata. Purtroppo però Min non arriva neppure allo stadio del grugnito e si fa silenziosa e seria.

«Oggi sono andata a trovare il tuo amico. Angus Marshall.»

«E come sta? Pensi che si riprenderà?»

«Lo speriamo tutti, ma nessuno lo può dire con certezza… e non ha un bell'aspetto.»

«Non mi convince, Min. Non capisco proprio perché un tipo che tutti definiscono gentile non ha neanche un amico. Non capisco perché il suo telefono era vuoto. Dava lezioni solo a Ethan? O anche ad altre persone? E se è così intelligente come dicono, perché era in difficoltà con concetti base di biologia? Perché mi ha fatto credere di essere scarso, anche se è impossibile che sia vero?»

Min ficca il suo cucchiaino nel vasetto, poi prende il mio e fa altrettanto. Allunga il braccio sulla mia spalla e mi stringe. È da tanto che non lo fa ed evidentemente sono cresciuta, perché lei mi sembra molto piccola vicino a me.

«Forse ha sentito la gentilezza in te, Len? La stessa che vedo io? Forse mentre tutti gli altri lo giudicavano o volevano qualcosa da lui, in te ha visto un'amica quando gli hai parlato.»

Sono perplessa. Apprezzo il suo modo di vederla, ma credo che ci sia dell'altro. Ho la sensazione che ci sia qualcosa che mi sfugge. A essere sinceri è stato difficile concentrarmi, con tutte queste persone nuove nella mia vita, così all'improvviso.

«Lo sai, Min, strani tipi in moto e ragazzini che vengono accoltellati a parte… penso che qui mi piace.»

«Davvero?» dice Min distratta mentre sposta il braccio per riprendere il vasetto con i cucchiaini.

«Sì.» Raccolgo il coraggio per dire quel che penso. «Sarebbe carino rimanere qui, per un po'. Mi piacerebbe fermarmi un po' più a lungo questa volta.» Lo penso sul serio. A Min piacciono i cambiamenti e i nuovi inizi, ma io non ho voglia di continuare a reinventarmi. Voglio degli amici veri, degli amici che mi conoscono e che mi apprezzano per quella che sono.

Min agita il cucchiaino. «Vabbe', Eleanor. Chi lo sa? Ricominciare non è poi così male, no? Non sono sicura che questo posto sarà per sempre. Ci sono persone che stanno e persone che vanno, non credi? Con tutto quel che c'è da vedere in questo grande mondo, nel poco tempo che abbiamo, penso che sia bello essere persone che vanno.»

Si infila il cucchiaino in bocca e si alza. Bofonchiando qualcosa a proposito di un drink, va in cucina e non sente quel che dico.

«Sì, ma ovunque andiamo, eccoci qui.»

15

Troy non era sull'autobus stamattina e, a parte un'occhiataccia mortifera da parte dell'Ape Regina Tyler quando ci siamo incrociate nei corridoi della scuola, stavo cominciando a chiedermi se tutte le persone e le cose che sono successe in questi giorni non fossero frutto della mia immaginazione. E ora, mentre cerco del cibo nel mio armadietto all'inizio della prima ricreazione, valuto la mia fortuna: avere un armadietto ad altezza testa è già una cosa incredibile di per sé, ma averlo ad anno scolastico iniziato? È un vero miracolo. Cioè, davvero. Vi è mai capitato di avere l'armadietto in basso? Una rottura senza pari. Almeno una volta a settimana ti cade qualcosa in testa da quello di sopra, garantito. Quello più in alto è scomodissimo perché di solito ci sono almeno altre due persone che ti si infilano sotto. Mi godo questo lusso e mi prendo il mio tempo. E poi sento un entusiastico: «Eccola qui!» e sorrido sotto i baffi riconoscendo la voce.

Mi giro e vedo Alfie con gli occhioni sgranati e il

sorriso sulle labbra; Namita fa quella riservata e scazzata (anche se non sarebbe qui se non fosse quanto meno curiosa, il che è già qualcosa); e Troy che per una volta non sfoggia il suo solito sorrisetto furbo. Preoccupante. In effetti ha un'aria seria.

«Stai bene?» gli chiedo.

«Ci ho pensato su tutta la notte. Avrei voluto mandarti un messaggio, ma non ho il tuo numero e non sono riuscito a trovarti da nessuna parte online, cosa che non mi stupisce, ma è fastidiosa. Comunque, credo che tu debba parlare a Holly di Bren Roberts.»

«Sì… a proposito…»

Chiudo l'anta e comincio lentamente a scartare il panino, ben conscia di avere tutta la loro attenzione su di me. Faccio una breve pausa e mi chiedo come sarò giudicata se dico la verità. Non solo la verità su tutto quel che è successo ieri sera, ma anche su come mi sento. Ethan ha messo ben in chiaro che non vuole che si sappia delle sue lezioni. Affanculo! Se Min fa le valigie e ripartiamo, e se anche Ethan non mi rivolge più la parola, non è che me ne importa più di tanto. Ripercorro gli eventi di ieri sera. Non la versione per Min. A loro dico tutto.

Quando arrivo alla fine, o almeno al punto in cui Ethan se ne va dal parco giochi, abbiamo attraversato il cortile della scuola in direzione di un grande albero pieno di foglie, che da lontano sembrava piuttosto invitante. Visto da vicino, è circondato da sassolini che rendono il posto poco adatto per sedersi e mangiare. Decido di sedermi ugualmente e ignoro la nuvola di polvere che si solleva quando atterro e finalmente do un morso al mio panino.

Namita si siede di fronte a me e riesce a non creare un'altra nuvola di polvere. Mi guarda a occhi sgranati.

«Non riesco a credere che l'hai colpito così. E non posso credere che sei salita sulla moto. Hai avuto paura?»

Annuisco. «Pensavo di pisciarmi addosso. Non scherzo. Non ci credo neppure io.»

L'espressione di Troy è straordinariamente simile a quella di Min. Tra l'impressionato e il preoccupato. «Ma sei davvero sicura che Ethan Griggs non c'entra niente con quel che è successo ad Angus? Tu... ti fidi di lui? Così?»

«Capisco che il fatto che uno ti salvi la vita possa aggiungere un elemento di fiducia, Eleanor.» Alfie annuisce, ma non sfoggia il suo solito sorriso. «Però Troy ha ragione. Ethan che cancella i messaggi mentre Angus è lì sdraiato a terra praticamente morto è un po' sospetto, come minimo.»

Aggrotto la fronte. Detesto quando le persone dicono cose sensate. «E quale sarebbe il suo movente?»

«L'hai detto tu che Bren Roberts pensa che Ethan abbia qualcosa che lui vuole. E se quei due lavorano insieme e Ethan non voleva che tu lo sapessi?» Troy si gratta il mento mentre lo dice.

«Il fatto che non voglia che altri si facciano male però è un segnale positivo, se è coinvolto» rilancia Namita. Apprezzo il sostegno alla mia teoria.

«Hai detto che stasera va a una festa per lanciare un'esca a Bren?» chiede Alfie.

«Da Michael Armstrong» conferma Troy e Alfie gli lancia un'occhiataccia.

«Ti ha invitato?» Alfie non riesce a dissimulare la sua delusione. «Ma sì, ovvio che tu sei invitato.»

Troy fa spallucce. «Non è 'sta gran cosa. Un sacco di gente è invitata.»

«Io no» dice Alfie abbattuto.

«Neanch'io.» Namita non sembra triste però. Si siede più dritta.

«Forse dovremmo andarci tutti.» Troy ci guarda uno per uno. «Sono sicuro che a Mike non dà fastidio se vi porto.»

Alfie solleva un sopracciglio, ma non dice nulla.

Namita scuote la testa. «Non esiste che i miei mi diano il permesso per andare a una festa di quelli dell'ultimo anno... Una festa di ragazzi... però voglio assolutamente sapere cosa succederà.»

«E tu, Alfie?» Troy gli tocca la punta delle scarpe con la sua. «Pronto per la festa?»

Gli occhi di Alfie brillano di nuovo. L'amarezza di essere stato escluso sembra essere passata. «Mi piacerebbe un casino andarci! Mia mamma no, ma mio padre sarà entusiasta. Ci accompagna di sicuro. Credi davvero che puoi portarci anche noi?»

Troy ride. «Non è un nightclub, Alfie. È il giardino di una casa. Non se ne accorgerà neanche e probabilmente sarà pieno di gente che non è stata invitata.»

L'espressione di Alfie dice chiaramente che trova la cosa inaccettabile e Troy scuote la testa.

«Va bene, Alfie, mi assicurerò che tu sia ufficialmente invitato. Andrà tutto bene.»

Alfie sorride raggiante e si passa una mano tra i capelli sparati, che si scompigliano ancora di più.

«E cosa mi metto?» dice rivolto a se stesso più che a noi. «Oh, c'è Millie. Pensi che ci sarà anche lei stasera? Vado a chiederglielo.»

E con questo Alfie si alza e ci ricopre di polvere mentre si scuote i pantaloni dell'uniforme. Incurante di noi che tossiamo e agitiamo le mani, se ne va chiamando Camille. Lei è attorniata da almeno altre sei ragazze e ammiro il coraggio di Alfie. L'Ape Regina Tyler non c'è e tutte sembrano più rilassate.

«Magari posso non dirlo ai miei» riflette Namita. Io e Troy la fissiamo, incapaci di nascondere la sorpresa.

«Cosa?» farfuglio.

«E se gli dico che vengo a studiare a casa tua? Troy e Alfie possono passarci a prendere da lì per andare alla festa.»

«Pensi che vorranno conoscere mia madre? Perché credo che avresti più successo a dirgli della festa.»

«Che cos'ha che non va tua madre?»

Esito, cercando il modo migliore per descrivere Min. «Non è il tipo che piace ai genitori.»

Namita mi guarda con espressione vuota.

«È un'infermiera, all'ospedale. E probabilmente stasera è di turno. È molto carina, ma non ha l'aspetto di una mamma. Ad alcuni genitori 'sta cosa dà fastidio. Soprattutto a quelli più rigidi.»

Namita ci pensa su un attimo. «Gli basterà parlarle per telefono.»

«Quindi io dovrei mentire a Min? Cosa devo dirle?»

«Niente balle. Studiamo. Studiamo e poi andiamo a una festa.»

Sospiro. Min ci beccherà subito. «Va bene. Come vuoi.»

«Fantastico.» Namita si alza. «Allora siamo d'accordo. Adesso vado in biblioteca, poi al prossimo intervallo mi dai il tuo numero.»

La guardo che si allontana. È proprio strana. Poi mi rendo conto che siamo rimasti solo io e Troy, seduti uno accanto all'altra.

«Quindi tu e Namita Chandra ora siete migliori amiche?» Troy non riesce a trattenere una risata.

«A quanto pare sì.» Namita cammina a testa alta, ignorando chiunque incontri.

«Detesta tutti» dice Troy. «Puoi sentirti onorata.»

«Credo che *Il giovane Holden* sia il suo libro preferito.»

«Ah.»

«Già.»

«Quindi non pensa che Holden Caulfield sia un coglione?» Adesso Troy ride sul serio.

Sospiro. «A quanto pare no.»

«Ehi.» Si gira e mi guarda. «Mi è tornata in mente una cosa che stavo pensando.»

«Su Holden Caulfield?»

«No, su di te e i tuoi libri. Cosa stavi leggendo quel giorno?»

«Cosa intendi?»

«Il giorno che hai conosciuto Angus. Quando ti ho

vista io, stavi leggendo *Il giovane Holden*. Ieri però avevi *Jane Eyre*. Non credo che si possa leggere un libro così in fretta, ma forse tu ci riesci. Immagino che tu li alterni, no?»

Sono colpita dal suo acume investigativo e annuisco. Gli spiegherò la mia teoria sulla lettura di conforto un'altra volta.

«Che libro avevi quando hai conosciuto Angus?»

Ripenso a quel giorno. «Credo che fosse *L'assassinio di Roger Ackroyd*.»

Troy aggrotta la fronte.

«Agatha Christie» spiego.

«Ah… Interessante.»

«Che cosa?» Metto in moto il cervello. «Ah. Forse Angus ha pensato che mi piacessero i gialli.»

«Forse ha pensato che tu fossi in grado di risolvere misteri.»

«Quindi quell'insieme di lettere non sarebbe un errore? È un enigma?»

«Forse.» Troy allunga le gambe davanti a sé e si appoggia indietro, sulle braccia. «Chi lo sa. Forse mi sto solo lasciando suggestionare.»

Cambio posizione, attanagliata dal dolore dei sassolini che mi si piantano nel sedere.

«Dimmi la verità, Troy. Perché te ne importa così tanto? Hai detto che tu e Angus non eravate poi così amici, ma mi sembri molto coinvolto da questa storia.»

Con uno scatto Troy lascia ricadere i capelli in faccia e non gli vedo più gli occhi. Quando parla, la voce è leggermente incrinata. «Perché l'ho già tradito una volta. Se ho la possibilità di aiutarlo, non voglio tradirlo una seconda.»

«Cosa vuol dire che l'hai "tradito"? Avevo capito che eravate amici da piccoli.»

«Be', direi che era qualcosa di più.»

Rimango in silenzio, in attesa che continui.

«La mamma di Angus e la mia erano migliori amiche, quindi ci conosciamo da quando siamo piccolissimi. Ho fatto tutto con lui, da bambini. Poi si è ammalata. La mamma di Angus, intendo.»

Troy sposta una gamba per incrociarla sopra all'altra e si lascia cadere in avanti. Raccoglie un bastoncino e inizia a scavare la terra.

«Cerca di capire. I miei genitori sono brave persone. Davvero. Ce la mettono tutta e lavorano sodo e hanno sempre cercato di fare il meglio per me e mia sorella. È solo che… non credo che mamma e papà si rendano conto che… quando giudicano gli altri, noi li sentiamo e accusiamo il colpo. Quindi alcune volte… be'… molte volte, ti senti giudicato anche tu. Tipo che nessuno sarà mai abbastanza bravo per loro. Nemmeno io.»

Sospira, come se soffrisse a dire queste cose, ma fosse tutto sommato sollevato. E io mi sento super sollevata ad avere Min come madre. Si possono dire un sacco di cose di lei, ma di sicuro è la persona meno giudicante che io conosca. Siamo diversissime l'una dall'altra, ma lei non mi ha mai fatta sentire strana o sbagliata per questo.

La voce di Troy si assottiglia quando riprende. «Alfie dice che mia mamma ha una personalità passivo-aggressiva. Del tipo che se tu non sai a cosa si riferisce una sua battutina, non te ne accorgi nemmeno. Ma la persona che invece lo sa rimane ferita nel profondo.» Ride, ma la sua risata è secca e breve.

«Comunque, tornando alla mamma di Angus: si chiamava Julie. Era fantastica. Gentile e divertente e buffa, e mai giudicona. Si è ammalata quando avevamo cinque anni, e poche settimane prima che Angus compisse sette anni, è morta. Angus e suo padre sono rimasti soli e il padre di Angus non stava bene. A dire la verità non penso che sia a posto neanche adesso. Però ci prova.»

Troy butta via il bastoncino, prende un sasso e continua a scavare. Non so se è per via della sua onestà, o per il fatto che mentre parlava ho completamente dimenticato di essere a scuola, ma è come se mi sentissi in connessione con Troy. Credo che non dovrebbe essere così duro con se stesso, ma capisco le motivazioni. Non potremmo essere più diversi, ma in qualche modo è come se lo conoscessi da sempre. Vorrei proprio allungarmi e abbracciarlo, ma sarebbe strano e imbarazzante, quindi lascio perdere.

«A mia madre non è mai piaciuto il papà di Angus. Ha sempre pensato che Julie potesse avere di meglio. E cos'ha fatto quando loro avevano più bisogno di lei? Li ha mollati. Abbiamo smesso… di andare a trovarli. Così. I rapporti sono diventati strani anche a scuola tra me e Angus. Anche se non sono mai stato cattivo con lui, sapevo che ci stava male ed era confuso e io non ho fatto niente per sistemare le cose. Meno stavo con lui e più gli altri bambini cominciavano a includermi. Mia madre ne era felicissima, come potrai immaginare. Ma questo significava anche che lui era escluso.»

Troy lascia cadere il sasso e allunga un piede con cui liscia la piccola buca che ha fatto in terra.

Quando capisco che non ha intenzione di continuare, io mi schiarisco la voce. «Ma stai dicendo sul serio? Avevi sette anni.»

Lui scosta i capelli e mi guarda con espressione confusa.

«Non fraintendermi. Ti capisco» dico io. «Solo che non penso che tu debba sentirti in colpa per qualcosa che non dipendeva da te e che è successa quando eri un bambino...» La mia voce si assottiglia e inizio a pensare a me a quell'età e alle cose che ancora adesso mi rimprovero.

Allontano il pensiero. Mi alzo, mi scuoto di dosso la polvere e mi stacco i sassolini dalla parte posteriore delle cosce.

«Andiamo.» Allungo le mani a Troy e lui mi guarda con il suo sorriso sghembo.

Mi prende le mani e io lo tiro su. Si alza in fretta e inciampiamo ridendo. Gli do una pacca sulla spalla mentre torniamo in direzione della scuola e raggiungiamo Alfie, che ha terminato la sua conversazione con Camille.

«Allora andiamo alla festa, eh? Un passo verso la redenzione della coscienza, no?»

Troy annuisce. «Sarebbe bello. Grazie per avermi ascoltato, Eleanor. Sei una grande.»

Cerco di non arrossire, anche se mi sento accaldata e confusa da quel complimento. «E per la cronaca, non hai assolutamente bisogno di pulirti la coscienza. Non hai fatto niente di sbagliato, Troy.»

Lui non risponde e io non insisto. Vorrei parlare della mia coscienza sporca e dirgli dei casini che ho combinato. Ma adesso non è il momento. Dobbiamo trovare un assassino.

16

«Non ci posso ancora credere» dice Namita.

Osservo le nostre immagini riflesse nello specchio del bagno di casa e ammetto che mi chiedo anch'io come sia possibile, ma probabilmente per altre ragioni.

Dopo la scuola Namita ha telefonato ai suoi dicendogli che si fermava a studiare in biblioteca con la sua compagna di biologia (che sarebbe la sottoscritta) per poi andare da lei a finire, dopo la chiusura della biblioteca. Che mia madre, un'infermiera molto responsabile, l'avrebbe riaccompagnata a casa una volta finiti i compiti.

Il suo mentire per omissione è impressionante, devo ammetterlo. Non ha detto che la biblioteca in questione era quella della scuola ed era prima dell'ultima campanella. Non ha fatto cenno al fatto che mia madre non è poi molto responsabile e che non sarebbe neppure stata a casa. O che il padre di Alfie sarebbe passato a prenderci alle 20:00 per portarci alla festa di Mike.

«Min arriverà a casa verso le nove e mezza, dopo il

turno di sera» dico a Namita che si sta spazzolando quei suoi capelli lucidi in un modo assurdo mentre io cerco di non infilzarmi un occhio con lo spazzolino del mascara. «Dobbiamo tornare indietro prima di quell'ora se vogliamo che ci copra quando ti riporta a casa. Lei di solito si rifiuta di mentire. Ha uno strano codice morale che non riesco a capire. Con lei ci sono cose che si possono fare e cose che non si possono fare. Senza nessuna ragione apparente.»

«Non voglio realmente andare alla festa.» Namita osserva la mia immagine riflessa dall'alto in basso e io perdo la concentrazione.

«Ah!» Lo sapevo che prima o poi mi sarei infilzata un occhio.

«Voglio solo vedere com'è. Non posso arrivare alla fine delle superiori senza aver mai visto com'è una festa delle superiori.»

«Hai ancora un altro anno dopo questo, lo sai?» le dico puntando lo spazzolino verso il suo riflesso. «Può succedere di tutto nel frattempo.»

Namita mi prende il mascara di mano. «Oh, santo cielo Eleanor, dammi questo coso. Sembri un bimbo dell'asilo nido con un pennarello, non scherzo.»

Mi afferra la mascella e mi gira la faccia verso di lei.

«Fissa un punto sulla parete sopra la mia testa» mi intima. «E non sbattere le palpebre.»

Faccio quel che mi dice e con qualche rapida pennellata mi applica il mascara senza alcuno sforzo. Non mi lacrimano nemmeno gli occhi.

«Ecco fatto.»

Mi guardo allo specchio e vedo la differenza che fanno sulla mia faccia delle ciglia più marcate.

Sono esterrefatta. «Come fai a sapere come si fa?»

Namita fa spallucce. «Mia madre impazzisce per la festa di Diwali… e per tutte le festività, a dire il vero. Mi ci trascina da che ne ho memoria.» Prende un asciugamano che sta accanto alla vasca e se lo drappeggia su una spalla. «Figlia ligia al dovere.» Alza gli occhi al cielo e se lo toglie di dosso. L'asciugamano atterra con un tonfo sordo sulla porcellana e lei lo fissa per un attimo prima di sollevare lo sguardo verso di me. «Non dirlo a nessuno, ma mi piace. È divertente. Frivolo, ma divertente. Vorrei non dover far sempre a modo suo.»

Prendo l'eyeliner con cui Namita si è disegnata un ricciolo perfetto all'angolo degli occhi e sfilo il tappo.

«No» dice lei togliendomelo di mano. «Non è il caso di spaventare le gente.»

Namita ha perlustrato il mio armadio e quello di Min in cerca di un outfit adatto e ora indossa un vestitino nero, molto semplice, che non ho mai visto prima. Addosso a Min risulterebbe molto classico, addosso a me un sacchetto dell'immondizia, ma a Namita si appoggia su tutti i punti giusti e non posso fare a meno di provare una certa invidia. È splendida. Dimostra circa venticinque anni, ma non pare rendersene conto.

Io ho un paio di jeans e un top, che mi sembrava carino prima di aver visto Namita con quel vestito.

Lei nota il mio sguardo. «Stai benissimo, non ti preoccupare.»

«Non sono preoccupata.» Lo sono.

Lei si passa un po' di lucidalabbra e mi guarda dallo specchio. «Ma che nome è Eleanor?»

«Ma che razza di maleducazione!» rispondo, facendomi spazio sulla panchetta per sedermi vicino al lavandino. «E che nome è Namita?»

«È indù» risponde lei, come se dovessi saperlo. «Significa modesto e umile.» Butta i capelli dietro la spalla.

Io non mi trattengo e mi metto a ridere. Lei mi sorride e sono contenta che veda l'ironia della cosa.

«È stato mio padre a darmi il nome» le dico con un sospiro. «Quando c'era non faceva granché, e quando se n'è andato non ci ha lasciato molto, ma è riuscito ad affibbiarmi il nome Eleanor. Per via della canzone dei Beatles.»

Namita solleva un sopracciglio.

«Hai presente *Eleanor Rigby*?»

Lei fa segno di no con la testa, quindi prendo il telefono e cerco la canzone.

Mentre inizia continuo a parlare. «È carina ma è super deprimente. Perché dare a tua figlia il nome di una canzone che parla di persone sole? Davvero. È come se fossi destinata a non integrarmi mai. Non poteva chiamarmi Ruby Tuesday? Avrebbe avuto più senso.»

«Può essere anche Eleanor Roosevelt, no?» chiede Namita. «La conosci?»

«La moglie del vecchio presidente americano? No, non ne so niente. Solo questo.»

«Era incredibile. Ha combattuto per i diritti delle donne, soprattutto per le donne della classe operaia.

Credo che sia bello portare il suo nome.» Namita fa una pausa e inizia a sistemare i trucchi e i prodotti per capelli sparsi sul piano di lavoro e nel lavandino. «E comunque, perché vuoi integrarti? Tutti possono integrarsi se vogliono. Basta cambiare totalmente se stessi per uniformarsi alla maggioranza. Mi sembra una cosa faticosissima e triste, se vuoi sapere la mia.»

Scuoto la testa. «Sei un bel personaggio, lo sai?»

«Lo so» dice soddisfatta. «Che ore sono? Gli altri dovrebbero essere qui.»

Guardo il telefono proprio mentre arriva un messaggio. Alfie ha voluto che ci scambiassimo tutti i numeri prima di lasciare la scuola.

«Sono qui davanti.» Mi alzo e decido di non guardarmi allo specchio.

Quando apro la porta Troy e Alfie sono lì davanti, imbarazzati.

«Ho provato a spiegargli che non è un appuntamento» dice Alfie, «ma mio padre non la capisce. Non ne ha voluto sapere di suonare il clacson. Ci ha costretti a venire alla porta a recuperarvi.»

Guardo dietro le spalle di Alfie, verso la macchina nel vialetto. Non ci sono dubbi che quello al volante sia il papà di Alfie. Ha lo stesso sorriso, le lentiggini sul naso e i capelli, invece di essere neri e sparati, sono rosso accesso, ricci e gonfi sparati come quelli di Alfie. Intercetta il mio sguardo e tira fuori un braccio dal finestrino, per un saluto generoso come il suo sorriso.

«Sembra entusiasta» dico con una risata.

«Una festa e per di più con delle ragazze?» dice Alfie. «È fuori di sé dalla felicità.» Infila una mano in tasca e tira fuori il telefono. Per un attimo mi prende il panico al pensiero che voglia fare una foto. L'espressione di puro terrore di Namita mi fa intuire che anche lei sta pensando la stessa cosa. Lui passa in rassegna tutte le app e continua a parlare. «Ecco, ho controllato il CNM e direi che sarebbe opportuno se vi portaste una giacca.»

Mi giro verso Troy, che continua a sogghignare.

«Il Centro Meteorologico Nazionale» spiega. «Previsioni del tempo. Ad Alfie piace essere sempre sul pezzo.»

Io incrocio le braccia. Detesto che mi si dica cosa devo fare.

Namita sospira. «Prendo la giacca.»

17

Il padre di Alfie è troppo divertente e non mi va di scendere dalla macchina. Ci sono dieci minuti da casa mia a casa di Mike, ma il signor Ryan è riuscito a raccontare almeno quattro storielle sulla sua gioventù dissoluta, terminandole tutte con la frase «ma non prendete esempio da me». Ci ha anche chiesto di dargli del tu e di chiamarlo per nome, che suona qualcosa tipo Oh-Sheen, ma poi Alfie ha detto come si scrive e io e Namita non ci abbiamo capito niente, quindi abbiamo preferito rimanere su "signor Ryan".

Comunque, il signor Ryan è davvero un sacco simpatico e nella classifica dei tipi di padre è decisamente notevole.

Quando l'auto accosta davanti a casa di Mike, stiamo tutti ridendo, ed è solo quando sono fuori, nell'aria fresca della sera, che mi ricordo il motivo per cui siamo qui. Vogliamo vedere con chi parla Bren, con chi lavora e, per dirla tutta, capire se Ethan ha detto la verità. La cosa mi smonta un po' e mi chiedo se anche gli altri provino la stessa sensazione.

Contemporaneamente a noi arrivano anche molti altri, anche se avevamo stabilito di arrivare più tardi. Alcune facce mi sono familiari, ma molte altre no. Sulla porta ci sono due soggetti corpulenti vestiti di nero, ma non sembrano occuparsi di chi arriva. Vorrei chiedere a Troy se avere la security a una festa privata da queste parti è comune, ma Namita mi precede.

Troy fa spallucce, come se non fosse niente di che. «Nelle feste più grosse, o forse solo in quelle dei ragazzi più ricchi, ci sono quelli che controllano, in caso le cose sfuggano di mano a tarda notte.»

Mi chiedo se Bren Roberts che cerca di vendere droga a ragazzi delle superiori faccia parte della categoria delle "cose che sfuggono di mano".

Entriamo nel giardino sul retro, dove la musica è alta, ma non così tanto da dover urlare per sentirci. Adesso è buio, ma ci sono dappertutto catene di luci tra gli alberi e non sembrano esserci così tante zone buie o appartate in cui nascondersi. Il giardino però è bello grande e non si può mai sapere. Vedo l'Ape Regina Tyler Linney da un lato che ridacchia con un'amica. Hanno dei drink, allineati in bicchieri di plastica e Tyler ha recuperato una fiaschetta dalla borsa. Noto che versa un po' di liquido solo in uno dei bicchieri e mi chiedo se sia per lei o per qualcun altro.

«Tutto qua? Ma davvero? E la gente impazzisce per questo?»

Mi giro per guardare Namita e mi scappa da ridere a vedere la sua espressione desolata.

«Ma è ancora molto presto» suggerisce Troy.

«Ricordati il motivo per cui siamo qui» le dico. «Dobbiamo trovare Bren... o Ethan... o entrambi. *Divide et impera*, esatto?»

Troy, Namita e Alfie annuiscono e senza dire altro si dividono e prendono diverse direzioni nel giardino.

Io mi guardo intorno tra la folla che comincia ad aumentare. Immagino che dovrei notare subito Bren in caso dovesse arrivare. È piuttosto alto. Vedo Troy, Alfie e Namita che si spostano seguendo le loro traiettorie. Alfie viene spintonato e sbatte contro le persone come una pallina in un flipper. Nessuno lo maltratta intenzionalmente, sembra piuttosto che non lo notino nemmeno. Troy invece riesce magicamente a fendere le folle mentre si sposta, con la chioma bionda che sembra un faro. La gente si gira e sorride, o lo saluta battendo un pugno contro il suo o dice ciao; lui risponde educato e prosegue per la sua strada.

All'inizio anche Namita passa abbastanza inosservata. Poi si toglie la giacca di scuola ed è come se si fosse accesa una lampada fulmina insetti durante un barbecue notturno. Tutti si girano e la squadrano, soprattutto i ragazzi. Per un attimo mi sembra che a lei non importi, ma poi si raddrizza, allarga le spalle e si aggiusta l'orlo del vestito, che le sta benissimo.

E brava Namita. Regge la giacca su un braccio e continua per la sua strada. C'è una persona del gruppo che sembra molto interessata a lei e io drizzo le antenne in allerta massima.

Essendo cresciuta a film e serie di Hollywood, mi sono fatta l'idea che il ragazzo bastardo e popolare in una scuola superiore debba essere anche un super figo e che questo sia l'unico motivo per cui riesce a essere sia bastardo che popolare. Mi sorprendo sempre quando il mio pregiudizio viene smentito. Ho davanti l'esempio perfetto: c'è questo ragazzo tracagnotto e riccio con un colorito acceso e una quantità di brufoli tale da finire nella foto del "prima" in una pubblicità per una crema antiacne. L'ho già notato un paio di volte a scuola e, proprio come l'Ape Regina, anche questo tipo è sempre circondato dal suo gruppetto mentre tiene banco e fa il coglione.

Come si chiama? J-qualcosa? Jack? Jake? Jacob? Jason? Jayden? Jackass? Comunque, lo osservo mentre Namita gli passa accanto e il mio senso di ragno pizzica. Non mi piace come la guarda né il fatto che lei non se ne renda conto. Cerco di trovare una qualità che lo possa riscattare, ma anche da lontano non ci trovo niente di niente.

Quando Namita gli passa accanto lui allunga la mano e le palpa il sedere. Io inspiro, incerta sul da farsi, ma più svelta di un killer in incognito lei gli afferra la mano e gli torce il braccio, poi s'inclina verso di lui e gli dice qualcosa con molta calma, ma la faccia rossa di lui ora è paonazza da far spavento. Lo vedo annuire e lei gli molla il braccio, poi continua ad avanzare tra la gente.

Il ragazzo scuote la mano in aria, come per riattivare la circolazione, poi si gira verso il gruppetto che ha alle spalle. Nessuno sembra essersi reso conto di quel che è appena successo.

Non riesco a trattenere una risatina. Namita è davvero incredibile. Purtroppo la mia risata finisce per attirare l'attenzione di qualcun altro.

«Chi t'ha fatta entrare?»

So già chi è, anche prima di voltarmi. Forse lo deduco dalla chioma e dalla corporatura che intuisco con la coda dell'occhio. Tyler Linney.

«Eleanor Jones, giusto? Sei qui da due secondi e stai già cercando di uccidere qualcuno. Mike è al corrente che c'è un'assassina alla sua festa?»

Cerco di far mente locale per trovare una risposta sagace, ma non mi viene niente. Me ne rammaricherò stasera, a letto, quando penserò a tutte le battute intelligenti che avrei potuto sciorinarle. Balbetto qualcosa. «Non sono un'assassina.»

Lei sta lì a braccia conserte e butta gli occhi al cielo. «Non sei la benvenuta qui. Vattene.»

Il cervello frulla mentre cerco di risponderle a tono. *«Chi ti ha eletta capo della festa?»* non è granché ma la bocca si apre per dirlo comunque.

«Piantala, Tyler.» Una potente voce maschile alle mie spalle interrompe la frase sul «Chi...».

«Lasciala in pace.»

Ethan Griggs con un outfit un po' più casual, ma molto simile a quello con cui si presenta a scuola, si manifesta di fianco a me e Tyler mi rivolge un'occhiata di disprezzo. Poi guarda lui con un sorriso tirato.

«Ti sei scelto una bella compagnia, Ethan. Quando ti stufi di lei, vieni a cercarmi, okay?»

Ethan non dice nulla, ma fa un passo avanti, a mo' di scudo umano tra me e lei. Aspetta che lei se ne vada prima di rivolgermi la parola.

«Eleanor Jones.» La voce è bassa e sicura. «Cosa ci fai qui?»

Non voglio dirgli la verità, perché temo si possa arrabbiare. «I miei amici mi hanno invitata... Che coincidenza, eh? Non sapevo che ci saresti stato anche tu.»

Lui intuisce la situazione. «Ti ho detto che ci avrei pensato io, Eleanor. Tu non c'entri niente.»

«Be', in un certo senso sì, visto che tutti qui sembrano pensare che ho cercato di uccidere Angus. E inoltre, il messaggio lui lo ha mandato a me. Non a te. Altrimenti posso anche dire a tutti qual era il messaggio...»

Ethan si volta e mi guarda dritto in faccia, furioso. «Ti ho spiegato cos'è successo.»

«Calmati» gli dico. «Non ho intenzione di dire niente. Però ci sono dentro quanto te. Dov'è Bren?»

«Non l'ho ancora visto» dice Ethan con un sospiro. «E tu dovresti andare a casa.»

«Va bene» dico incrociando le braccia. «Non avevo intenzione di stare fino a tardi, ma ora sono tutti così desiderosi che io me ne vada, che quasi quasi mi fermo per la notte.»

Aspetto che Ethan controbatta, ma noto che sta guardando qualcosa oltre le mie spalle, con espressione confusa.

«Amici tuoi?»

Mi giro e vedo Alfie tutto agitato.

«Eleanor! Ho bisogno di aiuto! Puoi venire con me, tipo subito?!»

18

Camille Maigraid sembra verde, anche alla luce soffusa delle lampadine che pendono dall'albero sopra di lei. Troy e Namita la sorreggono da un braccio e dall'altro.

Ha i capelli lunghi e castani, gli occhi nocciola e una fossetta su una guancia. Tutto in lei è grazioso e mi sento goffa e rozza al suo confronto. A dirla tutta mi accorgo di aver piegato le spalle in un vano tentativo di rendermi delicata, piccola e carina come lei.

«Ciao» sussurra. Mi sorride e la fossetta si fa più evidente. «Tu sei la ragazza nuova. Sembri un tipo simpatico.» Si gira verso Troy. «È simpatica? Sembra simpatica.»

Noto che Troy non mi guarda. La sua attenzione è rivolta a Ethan Griggs, che è di fianco a me. Anche Namita lo guarda, ma dalla sua espressione capisco che quel che vede le piace, molto più che a Troy.

«Porca vacca, Millie. Non stai neanche in piedi. Ma cos'hai combinato?» Alfie ha ancora l'espressione preoccupata stampata in faccia e si passa una mano tra i capelli sparati. Millie gli sorride.

«Oh, Alfie Ryan.» Camille solleva lo sguardo verso di lui, libera il braccio dalla presa di Troy e perde quasi l'equilibrio mentre lo allunga per dargli una pacca sulla spalla. «Sei proprio un sacco carino. Tutti tranne te e mia nonna mi chiamano Camille… però tu mi hai sempre chiamata Millie. Che carino.» Alfie diventa paonazzo quando lei sottolinea le ultime due parole con due colpetti sulla punta del suo naso lentigginoso.

Lui si china verso di lei, ma io mi accorgo che Camille sta diventando di nuovo verde. Dà un colpo di tosse soffocata e io riesco a spostare Alfie dalla traiettoria del conato di vomito. Namita molla immediatamente il braccio di Camille e fa un salto di lato, lasciando cadere a terra la poveretta come un burattino a cui hanno tagliato i fili. Troy la prende in tempo per rallentare la caduta e Camille si accascia a terra con una certa grazia.

«Sei ubriaca» le dico senza essere d'aiuto.

Camille ride ed emette un singhiozzo. «Ma no.»

«Lo sei eccome.»

Solleva lo sguardo al cerchio che le si è formato intorno con espressione accigliata. Vedo che impallidisce di nuovo e faccio un passo indietro. Non si sa mai.

«Io non bevo.» Sembra confusa.

«Fammi indovinare» le dico. «È stata la tua amica Tyler a passarti i bicchieri stasera?»

Lei annuisce piano. «È mia amica. Ma solo limonata e lampone. Poi un succo di frutta. Niente nalcol. Ancol.» Si acciglia. «Alcol.»

Namita scuote la testa. «Che stronza.»

«Giusto» ribatto. «Chi ha bisogno di nemici con degli amici del genere?»

«Devi andare a casa, Millie» dice Alfie. «Chiamo mio padre. Può accompagnarti lui. Tu non stai bene.»

«No!» Camille alza una mano. Adesso è seduta a terra. «Tuo padre è troppo carino. Non voglio che mi veda ubriaca. O che dica ai miei che sono ubriaca. Ma sono davvero ubriaca?»

«Però Alfie ha ragione. Devi andare via da qui. Magari possiamo chiamare un taxi o...» Mi giro e guardo Ethan.

«Non guardarmi in quel modo» sbotta. «Una conciata così non esiste che riesca a star dritta sulla moto.»

«Non posso tornare a casa ubriaca. Passerei dei guai molto, molto grossi» dice Camille quasi a se stessa, ignorandoci. Fa un altro singhiozzo.

«Ho un'idea.» Alfie sembra nervoso e la cosa m'incuriosisce. Guarda Ethan e si schiarisce la gola. Gli trema un po' la voce quando inizia a parlare. «Riusciresti a portarmi al golf club? Mio padre ha un cart elettrico e conosco la combinazione del garage. Posso venire fino a qui e poi caricare Millie e poi...» guarda me «portarla da te, magari? Finché sta abbastanza bene da tornare a casa.»

Ethan alza la faccia al cielo, ma acconsente.

«Va bene» dice. «Io ti porto al golf, ma poi tu fai da solo. Non voglio finire nei guai per aver rubato una macchinetta di merda.»

Alfie annuisce con foga.

«E io?» piagnucola Namita. «Anch'io devo andare a casa, te lo ricordi?»

Osservo Ethan con quello che spero sembri uno sguardo simpatico ma supplichevole. «Non sarebbe possibile che tu tornassi qui e poi portassi a casa Namita?»

«Cosa?» Namita mi guarda terrorizzata.

«Eleanor.» Ethan solleva di nuovo gli occhi al cielo e scuote la testa prima di girarsi verso di me. «Non sono un taxista di Uber, hai presente?»

«Come preferisci» dico svelta e gli assesto una pacchetta sulla spalla. Lui è quasi in sella. «Non era quel che volevi? Facci questo favore e mi tolgo dai piedi.»

«Due» dice lui. «Sono due favori.» Si rivolge ad Alfie. «Andiamo, ragazzino.»

Namita mi squadra come se volesse uccidermi, ma aspetta che Alfie e Ethan siano fuori portata prima di parlare. «Ma stai scherzando? Non posso salire su una moto. E soprattutto non posso andare in moto con...» si guarda intorno per capire se qualcuno sta ascoltando, poi si china e soffia «con Ethan Griggs!»

«Va bene così.» Sventolo una mano in aria e poi mi chino per aiutare Camille a rimettersi in piedi.

«Anche Ethan Griggs sembra simpatico.» Camille mi sorride e io ricambio. «Dicono che non lo è, ma io penso di sì. Sono tutti così carini. E lui è anche molto bello, non credi?»

«Giusto.» Le rispondo. «È proprio quel che penso anch'io.»

Troy e Namita la sollevano di nuovo reggendola per i gomiti e io faccio strada ai tre attraverso la gente che aumenta, verso l'ingresso anteriore della casa. Mentre mi dirigo verso il cancellino laterale che separa il giardino sul retro dal davanti, sbatto contro una persona che mi è familiare. Ci guardiamo negli occhi e sento un brivido lungo la schiena.

È Bren Roberts.

19

Bren mi squadra e inclina la testa da un lato, come a chiedersi dove mi abbia già visto. Sento un'onda di panico e abbasso la testa.

«Scusami» borbotto, e cerco di andare oltre.

«Eleanor» dice Troy a voce alta mentre Bren gli passa accanto.

Mi giro per rispondergli e vedo che Bren mi sta ancora guardando. Afferro il braccio libero di Troy e lo tiro avanti tra la massa di gente in movimento.

«Lo so...» gli dico sottovoce «è solo che... shh. Muoviti!»

Ci stiamo allontanando quando sento Tyler Linney che chiama: «Bren! Ciao, Bren!».

Gli corre incontro e gli aggancia il braccio, si avvicina e gli sussurra qualcosa all'orecchio.

Lui si gira verso di lei seccato e la scaccia tipo un insetto fastidioso. Tyler fa il broncio, o quanto meno quel che immagino sia la sua idea di faccia imbronciata, che aggiunto all'espressione già perennemente incazzata di suo la fa sembrare triste, più che arrabbiata.

Lui la guarda torvo e indica un punto dall'altra parte del giardino. Seguo la linea tracciata dal braccio, oltre la folla, ma sembra portare solo a un gruppetto di persone. Nessuno in particolare. Lei sembra contenta e sorride prima di partire verso la direzione indicata.

Mi chiedo perché Tyler sia così interessata a Bren e sono sollevata che Camille sia con noi e non con lei. Mi domando anche quale tra le conoscenze di Bren possa interessare a Tyler. Devo ricordarmi di controllare se nel parcheggio fuori della festa, mentre aspettiamo Alfie, c'è una berlina bianca e di aggiungere Tyler alla lista di persone di cui non fidarmi.

Meno di venti minuti dopo, Alfie è alla guida del cart, diretto verso casa mia. Camille è seduta accanto a lui e alterna momenti in cui gli si appoggia alla spalla e altri in cui lo costringe a frenare di colpo al grido: «Credo di dover vomitare!».

Io e Troy siamo seduti dietro, a guardare il buio mentre percorriamo le vie più improbabili per arrivare a casa. Sto congelando e mi secca dover dar ragione ad Alfie sulla questione della giacca. Namita è salita con una certa riluttanza sulla moto di Ethan al suo ritorno, ma ho notato come si guardavano e penso che un giorno forse mi ringrazierà.

«Hai freddo.» Quella di Troy non è una domanda, ma un'osservazione.

Annuisco e cerco di fermare i denti che battono.

Lui si sfila un po' impacciato la camicia che ha sopra la maglietta e me la passa. Io prendo in considerazione l'idea di rifiutare, ma quando sento il teporino che emana, gliene sono grata. Me la infilo e mi ritrovo avvolta dall'odore di Troy. Il che è strano, perché non sembra essere uno che si mette la colonia o altro. Siamo seduti molto vicini e se mi girassi verso di lui le nostre facce si toccherebbero. Il pensiero mi fa arrossire e sono contenta che sia abbastanza buio da nascondere il colore.

«Direi che la serata non è andata proprio come ce l'eravamo immaginata, eh?» Troy ride piano, sovrastato dai singhiozzi di Camille.

Faccio spallucce. «I nostri piani erano comunque abbastanza vaghi. Ethan ha detto che scoprirà cosa sta succedendo. E cosa c'entra Bren con la faccenda.»

«Saresti potuta rimanere» dice Troy. «Quando abbiamo visto Bren… potevi seguirlo.»

Vorrei spiegargli che c'è qualcosa in quel tizio che mi mette a disagio. Non mi ero resa conto di quanto fosse intenso il disagio fino a quando non ci siamo trovati così vicini. Quando mi ha guardata come se mi conoscesse mi sono sentita in pericolo e volevo solo andarmene da lì. Invece rimango a fissare il buio.

«Forse è meglio non aver rischiato» rispondo e cerco di cambiare argomento. «Non riesco a capire dove siamo.»

Troy si gira e si guarda dietro le spalle. «Siamo quasi arrivati a casa tua. Almeno Camille ha smesso di vomitare.»

Rido, anche se non c'è niente di buffo. «Sei uno da bicchiere mezzo pieno, eh.»

In quel preciso istante, Camille risponde con un gorgoglio e ci reggiamo in attesa della frenata secca di Alfie. Il cart si ferma e lei si sporge verso l'esterno.

20

Scoperta del giorno: Troy Masterson è un ottimista.

Dalla cucina, mentre riempio un bicchiere d'acqua, sento Camille che si precipita in bagno. Non ho mai visto nessuno stare così male. Abbiamo lasciato Alfie a scostarle i capelli e darle pacche sulla spalla. Non è necessario essere in tre per sorvegliare qualcuno che vomita, giusto?

«Sta parecchio male» dico, e si capisce a chi mi riferisco. «Non credi che dovremmo chiamare i suoi?»

«Alfie e Camille dicono che è meglio di no» risponde Troy, ma non sembra molto convinto. «Non conosco i genitori di Camille. Però il suo patrigno sembra un tipo piuttosto burbero e non penso di aver mai visto sua madre sorridere.»

«A proposito di madri...» dico quando i fari dell'auto di Min quasi mi accecano dalla finestra della cucina. «Sarà interessante.»

L'auto si ferma, la portiera si apre e si richiude. Per un attimo prendo in considerazione l'idea di correre in camera e nascondermi sotto il piumino, fingendo di non sapere nulla del casino che c'è in bagno.

«Eleanor, scommetto che non ci credi.» La risata di Min risuona dalla porta d'ingresso. «C'è una di quelle macchinine del golf davanti a...» Gira l'angolo della cucina e vede immediatamente Troy appoggiato al bancone. «E uno strano ragazzo che non ho mai visto prima nella mia cucina. Ciao.»

Troy appoggia il bicchiere e si asciuga sui pantaloni prima di fare un passo verso Min con la mano tesa.

«Salve, sono Troy» dice. «Eleanor mi ha parlato un sacco di lei.»

«Ciao, Troy. Eleanor non mi ha parlato affatto di te.»

«Ah.» Lui si gira verso di me.

Io ho un fremito.

«Avevo capito che stasera dovevo riaccompagnare a casa un'amica, ma me l'aspettavo un po' diversa. Namita?»

«Ah, no. Lei ha trovato un altro passaggio. Tutto a posto.»

Intanto Camille vomita in sottofondo e Min si gira attirata dal rumore.

«Cos'è?»

«È... be'... cioè... è una storia lunga» inizio.

I conati sembrano sempre più forti.

«Eleanor» arriva la voce di Alfie dal bagno. «Mi sa che c'è bisogno di altri asciugamani o qualcosa di simile.»

Spunta dal corridoio ed entra in cucina. E vede mia madre.

«Ah, salve» dice educato. «È un piacere conoscerla, signora Jones. Sono Alfred Ryan, amico di sua figlia. Le darei volentieri la mano ma...»

Rumore di altri conati.

«Eleanor Jones, cosa sta succedendo?» Min non sa dove guardare e non la biasimo.

Camille si mette a piangere e io corro in bagno passando davanti a Min. La sento che mi segue, insieme a Troy e Alfie. Camille è pallida e tutta sudata, i capelli appiccicati alla fronte e alle guance. È abbracciata alla tazza del gabinetto, con la testa appoggiata sul sedile.

«Eleanor» dice con voce flebile quando mi vede. «Penso che sto per morire.»

«Non stai morendo» le dico, ma potrebbe anche essere una balla. È conciata molto male. Mi giro verso il pubblico alle mie spalle. «Troy, va' a prendere un altro bicchier d'acqua. Alfie, ci sono degli altri asciugamani nello scatolone in soggiorno, davanti alla televisione.»

Min mi guarda con un'espressione che non le ho mai visto prima. Come se non mi riconoscesse. Mi dà un po' allo stomaco e vorrei spiegarle, ma non so da dove cominciare.

«Min...» inizio.

«Eleanor, no.» Alza la mano direttamente davanti alla mia faccia, poi mi scansa e si china su Camille per controllare la situazione. Le appoggia una mano sulla fronte.

«Cos'ha preso?»

«Non lo so» dico sinceramente. «Qualcuno le ha messo qualcosa nella bibita. Forse vodka?»

Min si alza e mi guarda dritto negli occhi.

«Eleanor, cosa ti sta succedendo? Forse tutti questi trasferimenti sono stati un errore, soprattutto data l'età che hai. Ma non avrei mai pensato che ti saresti comportata in questo modo. Sei davvero così infelice con me? Penso che questo non sia il posto giusto per noi. Ragazzi accoltellati, motociclette e alcol e altri ragazzi… Io non…» scuote la testa.

«Ma non è come pensi, Min… Min.» Ma lei mi ignora e torna da Camille.

«Come ti chiami, tesoro?» le chiede accarezzandole i capelli con una mano e la schiena con l'altra.

«Camille» rispondo io, con un passo verso la porta.

Alfie ritorna con gli asciugamani e Troy con un bicchier d'acqua. Prendo entrambe le cose e le passo a Min.

«Eleanor, questa è una roba seria. Ha una grave intossicazione da alcol. Se fosse rimasta da sola chissà cosa avrebbe potuto succederle. Può causare anche danni cerebrali, lo sapevi?»

Io non lo sapevo e mi sento male, mentre guardo Camille accasciata a terra. So di suonare debole quando rispondo. «Non l'avremmo lasciata da sola. È per quello che è qui.»

«Adesso torno in ospedale con lei. Bisogna ripulirla per bene da quella roba e deve vederla un medico. È stanca e potrebbe soffocare nel sonno per il vomito.»

Rimaniamo tutti lì in silenzio a osservare il corpo fragile di Camille. Sapevo che non era una bella cosa, ma non sapevo che facesse così male.

«Voglio portarcela subito, quindi non riesco a dare un passaggio a casa anche a voi due. Riuscite a trovarne un altro?»

«Sì, sì» balbetta Troy.

«Abbiamo il cart, signora Jones» le dice Alfie. Poi guarda Camille con espressione preoccupata. «Si riprenderà? Pensavamo di fare la cosa giusta…»

Min si addolcisce. Non è possibile arrabbiarsi con uno che ha una testa di capelli come Alfie.

«Chiamami Min, per favore.» Buon segno. Se li odiasse davvero le andrebbe bene "signora Jones". «Ma direi che è meglio che voi due ve ne andiate subito da qui.»

Ah. Okay. Bene, ma non benissimo.

Troy mi mette una mano sulla spalla. «Ciao Eleanor, allora. Ci sentiamo domani, d'accordo?»

Annuisco, molto incerta su tutta la linea.

Sento la porta che si chiude e il ronzio del cart elettrico. Io e Min ci fissiamo. A volte mi piace davvero avere una "Min responsabile". È incredibile. Ma adesso non la voglio. Mi sento di merda e questo non è affatto lo scenario migliore. Alla fine lei rompe il silenzio.

«Forza, aiutami a portarla alla macchina. E poi pulisci tutto.»

Camille non riesce quasi a tenere gli occhi aperti. La sorreggiamo per le braccia e la trasciniamo verso l'automobile di Min. Io porto qualche altro asciugamano, in caso servisse. Min mi lancia un altro sguardo deluso, oltre a notare che ho addosso la camicia di Troy, mentre va verso la portiera dal lato conducente.

«Voglio ritrovarti a letto quando torno, Eleanor. Sono arrabbiata e confusa e non mi va nemmeno di guardarti. Ne parliamo domani mattina.»

Sento un groppo che si forma in gola e annuisco.

Aspetto che l'auto sia uscita dal vialetto, e mi metto a piangere. Niente singhiozzi rumorosi, che sono molto più terapeutici e utili, ma lacrime di rabbia che mi irrigidiscono la faccia. Piangere dalla rabbia fa venire il mal di testa, non credete?

Mi ricordo che i vicini non sono poi così vicini e provo con un urlo. È una specie di urlo-grugnito che suona così buffo che mi scappa da ridere. È ufficiale. Sto uscendo di testa.

Torno in bagno e cerco di aprire la finestra. Non si muove quasi, ma almeno riesco a far entrare un po' d'aria fresca. Raccolgo gli asciugamani e li metto in lavatrice. È questo che succede quando hai degli amici? Devi farti carico dei loro casini e finire nei guai per aiutarli? Non mi sembra poi così giusto. Forse l'amicizia è sopravvalutata. Di certo a Camille non è andata bene stasera. Ma comunque, a quanto pare Angus Marshall non aveva un solo amico al mondo ed è stato accoltellato, quindi gli argomenti contro l'amicizia in questo posto sono altrettanti di quelli a favore.

Mi fa male la testa. Butto del disinfettante nel gabinetto e cerco qualcosa per il mal di testa. Prendo due pastiglie e me le porto in camera con un bicchier d'acqua. Appena sento la morbidezza del letto e delle coperte, mi ci infilo sotto nel buio totale. Vorrei stare sveglia fino al ritorno di Min, ma mi addormento ancor prima di uscire dal bozzolo per bere un po' d'acqua.

21

Il sole è alto quando mi sveglio la mattina dopo e mi sento incredibilmente di buon umore, prima di ricordarmi dei fatti di ieri sera. Mi rendo conto di aver dormito con i jeans e la camicia di Troy addosso. La annuso. Si sente ancora il suo profumo, non il mio, e soprattutto non odora affatto di Camille, il che è un bene.

Scendo dal letto e le assi scricchiolanti del pavimento tradiscono i miei movimenti, ma quando passo davanti alla camera di Min lei dorme sodo e russa. Un ciuffetto rosa della frangia si solleva a ogni espiro, come un pappagallino contento.

Vado in cucina e apro il frigo. Perché lo faccio? Non c'è quasi mai niente dentro. Non so se mi aspetto di trovarci un qualche delizioso manicaretto comparso per magia su un ripiano quando apro lo sportello, ma lo faccio piuttosto spesso durante la giornata per provare la sensazione che magari ho ragione. Almeno c'è del latte. Lo annuso e, convinta che non farò la fine di

Camille sul pavimento del bagno, lo porto sul tavolo insieme ai cereali.

Mi tolgo la camicia di Troy e la ripiego per bene sullo schienale della sedia. Considero le opzioni che offre la giornata.

Sento un ronzio sulla panca e mi rendo conto che è il mio cellulare. Lo prendo e vedo che ci sono dodici messaggi non letti. Com'è possibile? Non ho mai ricevuto così tanti messaggi di notte in vita mia.

Tre sono di Min:

Camille sarà un po' ammaccata domani, ma si riprenderà.

Ho dovuto chiamare i suoi genitori. Adesso capisco perché non voleva.

Torno fra poco. Vai a letto. Ne parliamo domani.

Due di Troy:

Spero che vada tutto bene. Mi spiace che sei nei casini con tua mamma. L'ha capito che volevi solo aiutare?

Fammi sapere se hai bisogno di aiuto. Come sta Camille?

Sei di Alfie:

Millie sta bene?

Hai sentito niente?

Fammi sapere quando senti qualcosa.

Lo so che tua madre era incazzata ma sono contento che si è occupata di Millie. Ringraziala da parte mia.

Eleanor fammi sapere se Millie sta bene.

Eleanor?

E uno di Namita:

Be', è stato assurdo.

Sorrido. Non vedo l'ora di parlarle.

Mando un messaggio al gruppo per dire che Camille si riprenderà. Poi scrivo un messaggio personale ad Alfie per scusarmi di non aver dato notizie prima. Lui mi risponde quasi subito.

Grazie Eleanor. Buone notizie.

Esito, poi gliene mando un altro.

Mi puoi dare l'indirizzo di Troy?

Compaiono tre puntini e poi un link a Maps con un indirizzo. Sapevo di poter contare su Alfie per una risposta rapida e utile.

Altri tre puntini e guardo incuriosita.

Un'immagine. È lo screenshot di una foto satellitare presa da Maps ma Alfie ha disegnato sull'immagine con il telefono e ha fatto una linea che unisce casa mia a quella di Troy. Una scorciatoia.

Tre puntini e poi un elenco di indicazioni.

Tre puntini. Se fai questa strada ci metti circa 30 minuti a piedi.

Rispondo. Leggenda. Grazie.

Metto il telefono in carica sulla panca e sto per appoggiarlo quando mi viene un'idea.

Scorro finché trovo quel che cerco e poi scrivo un altro messaggio.

Hai avuto fortuna ieri sera? Trovato quel che cercavi? EJ.

Guardo lo schermo per un attimo, ma stavolta niente puntini. Colazione e poi doccia.

Ho i capelli ancora bagnati e Min continua a dormire quando sento la notifica di un messaggio.

Ci vediamo da Morgan's alle 13.

Sono solo le dieci. Ho tutto il tempo per andare a trovare Troy e poi in centro.

Il foglio con i turni di lavoro di Min per questa settimana è attaccato a una lavagna di sughero alla parete.

Come anche le scorse settimane è stato modificato almeno quattro volte, con nuovi turni e altre modifiche. È carino che lei cerchi di comunicare quel che succede nella sua vita con cose del genere, ma spesso sono meno utili di quanto creda.

Oggi attacca alle due. Non faccio in tempo a tornare a casa per parlare con lei dopo essere andata da Morgan's. Ma se resto qui ad aspettare che lei si svegli, va a finire che si fa comunque ora di pranzo.

Prendo la mia decisione, completamente consapevole che potrei anche peggiorare le cose. Cerco una borsa, ci butto dentro una barretta di muesli, una mela e una bottiglia d'acqua. Esito un istante e poi torno in camera e passo in rassegna la pila di libri accanto al letto. Ne scelgo uno e butto anche quello nella borsa. Torno in cucina, prendo il telefono e la camicia di Troy e lascio un messaggio sul retro di una busta.

> Vado a fare una passeggiata. Non volevo svegliarti. Torno più tardi. Ho il telefono con me. TVB
> E xxx.

Di norma Min apprezza questo genere di comunicazioni ma, a dirla tutta, non c'è nulla nella norma in questi giorni. Mi fermo un attimo nell'ingresso, prima di arrivare alla porta. Aspetto che lei compaia e inizi a fare domande. Ma la sento ancora russare.

Faccio un bel respiro ed esco, alla luce del sole.

22

Penso di essermi persa. No. Negativo. Mi sono persa davvero.

Il telefono non prende. Clicco ancora una volta sull'immagine che Alfie mi ha mandato e faccio lo zoom per guardarla meglio, nella speranza di capire dove sono. Le indicazioni di Alfie dicevano di attraversare il prato dietro il parco giochi, scavalcare il vecchio cancello arrugginito e poi andare dritto per circa dieci minuti fino a un albero cavo. Ho camminato per quindici minuti. Il che significa due cose: o cammino lentissima o abbiamo erroneamente pensato che io fossi in grado di procedere in linea retta.

Forse cammino piano e non vado dritta. Due qualità estremamente inutili in questo frangente.

Mi trovo circondata dai cespugli del bush e anche se, a logica, so che la strada non può essere lontanissima, sento che mi sta salendo il panico. Ma non come l'altra sera. Il sole splende e le mosche mi confondono. Mi sento appiccicosa e ho caldo e ogni passo sulla terra e sui rametti è più rumoroso del precedente. Il profumo degli eucalipti è intenso, ma c'è anche un odore di polvere che mi fa prudere il naso.

Sono sul punto di tornare indietro quando vedo un grosso albero grigio poco più avanti. Alto e immenso, l'albero mi appare davanti all'improvviso. Completamente senza rami e nodi e spogliato della corteccia. Forse molti anni fa ne hanno fatto una canoa. Il grande occhio ovale nel centro del tronco mi fissa.

Libero un sospirone e procedo verso l'albero, quasi aspettandomi che quel buco grinzoso ospiti fate e folletti. Stando alle istruzioni di Alfie, ora sono sulla strada giusta. Altri cinque minuti – forse dieci, eh Alfie? – e dovrei trovare una strada sterrata che mi porta quasi diretta a casa di Troy.

D'accordo, non è troppo lungo e poco dopo trovo il prossimo punto di riferimento: un ponticello sopra un rivolo d'acqua. Al lato del ponte c'è un cartello bianco con una scritta nera. *Rio Masterson.* Che cavolo è? Troy che vuole darmi a bere che non è facoltoso ma c'è un fiume che porta il nome della sua famiglia? Non sarà un granché come corso d'acqua, però...

So che ormai sono vicina alla casa di Troy senza neanche controllare le indicazioni di Alfie. C'è una staccionata bianca, di legno, che inizia all'angolo di un prato verde e sembra non finire più. In lontananza vedo una casa con un vecchio portico e il giardino intorno sembra bellissimo.

Mi ero già fatta un paio di storie sulla famiglia di Troy e su questa villa con podere e sui soldi della fattoria, ma ora che mi avvicino comincio a mettere in dubbio la mia immaginazione. La vernice è molto scrostata, il giardino è ordinato, ma si nota che tutto è vecchio. Mentre mi avvicino alla porta d'ingresso, noto che anche il portico è vecchio e le assi sono crepate e scricchiolano. Non è molto diverso da quello della casa che abbiamo preso in affitto io e Min. Una splendida gran dama che ha bisogno di un intervento serio per tornare ai fasti di un tempo.

Busso alla porta e mi rendo conto che ho completamente dimenticato di dire a Troy che stavo arrivando. Forse è meglio tornare indietro e mandargli un messaggio, ma la porta si apre prima che possa farlo. Dev'essere Barb. È... praticamente... perfetta. In un modo strano e lucente. La chioma bionda si appoggia sulle spalle, senza un capello fuori posto. Indossa un paio di jeans bianchi che sembrano appena usciti dal negozio e una maglietta bianca e blu ugualmente immacolata. Mi sorride, ma a parte la bocca, non muove nient'altro. I denti sono perfetti.

Cerco subito di sistemarmi i capelli e sono totalmente conscia delle macchie di sudore sulla mia maglietta.

«Ehm... salve.» Non ho ancora parlato con nessuno stamattina e saluto con una voce piuttosto gracchiante.

«Salve?» Il sorriso ora è meno aperto. Forse aspettava qualcuno e la mia presenza l'ha delusa. Impossibile dire cosa stia pensando.

«Mi chiamo Eleanor» dico. Più che gracchiare, ora pigolo. «Eleanor Jones. Sono una compagna di scuola di Troy. Sono venuta a riportargli una cosa.»

«Sì?» Mioddio Barb, prova a sprecarti un po' di più.

«Ehm... c'è Troy?»

«Ah!» Si alliscia i capelli già liscissimi. «Sì, certo. È fuori, sul retro. Entra pure. Come hai detto che ti chiami? Scusami.»

«Eleanor» dico. «Eleanor Jones.»

Lei gira sui tacchi, si avvia svelta attraverso la casa. Io cerco di sbirciare nelle stanze che oltrepassiamo, ma va troppo veloce. All'improvviso si ferma e mi guarda. Quasi le vado addosso.

«Eleanor Jones?» Gli occhi sono di un azzurro chiarissimo.

Annuisco.

«Oh santo cielo» dice. «Sei la ragazza amica di Angus?»

«Non direi esattamente amica...» Inizio a spiegare, ma lei m'interrompe.

«Che ragazzo dolce, davvero. Ero grande amica di sua madre. Era una donna bellissima. Bella dentro e fuori. È così...» Si ferma di scatto. Si schiarisce la gola e noto gli occhi umidi e arrossati. Mi dispiace per lei e poi ripenso a quel che mi ha raccontato Troy, e mi dispiace per lui e anche per Angus.

Arriviamo sul retro della casa attraversando la cucina in legno scuro dal pavimento segnato dal tempo. La madre di Troy apre la porta a vetri che dà sulla veranda e fa un passo indietro per lasciarmi uscire per prima. Si chiude la porta alle spalle e continua a camminare sul prato, verso una fila di alberi che costeggiano il giardino. Arriviamo sotto a uno svettante albero di pepe rosa e lì lei si ferma.

La guardo chiedendomi cosa dovrei fare adesso.

«Troy!» chiama, ma non urla. «Troy!»

Sento del movimento da qualche parte sopra di noi e quando alzo lo sguardo mi accorgo di una piattaforma tra il fogliame. Si apre una botola e dal buco appare la faccia di Troy.

«C'è la tua amica Eleanor» lo informa Barb.

«Ah, ciao Eleanor» dice lui senza il minimo accenno di sorpresa nel tono. La faccia scompare e dal buco scende una scala di corda che mi manca di un centimetro. Faccio un salto all'indietro e lo guardo corrucciata.

«Vieni su» dice in risposta.

Barb non sembra stupita. «Non credi che sarebbe più educato, da parte tua, scendere?»

Sono d'accordo con lei, ma mi sembra anche di capire che è il tipo di genitore che ci offrirebbe qualcosa da bere, uno snack e si siederebbe con noi a farci compagnia e io non riuscirei a parlare con Troy di ieri sera o di quel che ho in mente di fare oggi, quindi accetto l'offerta. «Non c'è problema, signora Masterson. Non mi fermo molto. Posso anche salire nel fortino di Troy.»

«Non è un fortino.» Troy sembra un po' offeso mentre salgo la scala, senza alcuna grazia né coordinazione. «È una casa sull'albero, di eccellente fattura.»

«Un bugigattolo, semmai.» Mi sto divertendo, nonostante il dondolio assurdo della scala.

«Casa sull'albero.» Quando sono abbastanza vicina all'apertura, lui mi allunga una mano e mi aiuta per l'ultimo pezzo.

«Volete qualcosa da bere o dell'altro?» chiede Barb da sotto.

«Va bene così» dice Troy mentre io entro e la botola si chiude alle mie spalle.

Sono a quattro zampe, ma adesso la botola è diventata il pavimento e riesco a sedermi e a guardarmi intorno. Troy ha ragione. Non è un fortino e neppure un bugigattolo. È una vera e propria casa. Impressionante. Ha le dimensioni di una cameretta ed è dotata di cuscinoni, altri cuscini, consolle di gioco, libri, riviste e degli snack in un armadietto, c'è una finestrella per ognuno dei quattro lati che lascia entrare la luce naturale e anche se sono sul pavimento immagino che tra i rami si veda un bel panorama. Davvero un nascondiglio incredibile.

«Wow!» Non riesco a dire altro, tanto sono impressionata. C'è anche la luce elettrica e delle prese.

«Casa sull'albero» ribadisce lui e si lascia cadere su un cuscinone.

«Ne prendo atto» rispondo.

Sposto qualche cuscino e mi metto comoda, poi tiro fuori la mela e il libro dalla borsa e recupero la camicia.

«Camicia senza vomito, restituita.» Gliela allungo. «Volevo lavarla ma avevo paura di rovinartela. Ho la cattiva abitudine di distruggere le cose nel lavaggio, quindi...»

«Grazie» dice, ma noto che l'annusa un attimo mentre gliela passo. Dovrei offendermi?

Guarda il libro sul pavimento accanto a me e solleva un sopracciglio.

«*La primula rossa*» suggerisco.

«È quello della donna che deve portare una grossa lettera A rossa sul vestito?»

«No, quello è *La lettera scarlatta*» gli dico. «Questo parla della Rivoluzione francese, ed è piuttosto divertente.»

«Certo. Immagino quanto possa essere spiritoso un libro sulla Rivoluzione francese.»

«È uno dei miei preferiti.» E sto dicendo la verità, ma suppongo che lui non mi creda.

Esita un attimo, poi fa un respirone prima di mettersi a parlare. «Lo sai che c'è una grande fiera del libro a Cooinda, ogni anno? Ci viene gente da tutte le parti. Ti piacerebbe. Invitano anche gli autori a parlare dei loro libri.»

«Davvero? Sembra fantastico.» Lo dico e lo penso davvero. Una fiera di libri? Grandioso.

«Posso accompagnarti.» Toglie un invisibile granello di polvere dal cuscino. «Cioè, se vuoi andarci in compagnia.»

Lo guardo cercando di capire se si sta proponendo solo come amico o potenzialmente come qualcosa di più e poi penso che in entrambi i casi è un'offerta fantastica.

«Sembra forte, grazie.»

Lui sorride e per un attimo rimaniamo tipo a fissarci l'un l'altro con un sorriso ebete e io comincio di nuovo a sentire quelle fastidiose farfalle nella parte alta della pancia. Mi guardo intorno e cerco di capire come trasformare l'atmosfera in qualcosa di meno… personale. Per fortuna ci pensa Troy.

«Allora?» Appoggia la schiena e incrocia le braccia dietro la testa. «La serata è stata abbastanza interessante. Meno di dieci minuti a una festa e siamo riusciti tutti a metterci nei casini. Com'è messa tua madre oggi?»

«Non lo so» rispondo seria. «Stava ancora dormendo quando sono uscita. Ma a naso direi che era "confusa e seccata".»

Lui annuisce. «Ci sta.»

«È una tipa a posto. Abbiamo un buon rapporto. Sono sicura che capirà quando le spiego.»

Lui annuisce di nuovo, ma più lentamente. Come se si stesse figurando la conversazione tra me e Min, ma anche con sua madre.

«Barb sembra gentile» dico in risposta ai suoi pensieri.

«Cosa ci sei venuta a fare qui, Eleanor Jones? Perché ho la sensazione che tu stia tramando per chiedermi un favore?»

Lo guardo e non so cosa dire. «Te l'ha detto Alfie che stavo venendo.»

«Potrebbe avermi accennato al fatto che gli hai chiesto indicazioni.» Mi guarda con un ghigno e io rido. «Lo sai che avresti potuto chiederlo direttamente a me dove stavo.»

«Lo so» dico e mi sento maldestra e imbarazzata. O forse solo *più* maldestra e imbarazzata. «È che non avevo ancora deciso se lasciarti la camicia sulla porta o se entrare.»

«È una passeggiata un po' lunghetta per portare una cosa e scappare via, non credi?»

Decido che non voglio mettere in discussione le mie motivazioni o i miei sentimenti in questo momento e gli lascio credere che è proprio di un favore che ho bisogno. Che in un certo senso è anche vero. «Mi vedo con Ethan Griggs da Morgan's all'una. Vuoi venire con me?»

23

«È stato gentile da parte di Barb accompagnarci in città» dico.

Troy è muto. Si è preso la mia copia della *Primula rossa*, ma credo che stia solo fingendo di leggere. Lo so che sto facendo la sarcastica, ma non m'importa. Sono arrabbiata con Troy, anche se adesso è lui a restare in silenzio perché è arrabbiato con me. «E farci vedere il suo ufficio. Super interessante. Le piace far domande, vero? Mi pare che sa tutto quel che c'è da sapere di me. Bella roba. Non mi sento affatto vulnerabile in questo momento.»

Troy continua a leggere.

«Immagino che non le importerebbe più di tanto di sapere che siamo seduti qui.» Vado a gonfie vele, ma a quanto pare non riesco a offenderlo abbastanza da stimolare una sua risposta. «Morgan's è il posto dove si ritrovano i buzzurri, Eleanor.» Faccio il verso a sua madre. «Stai alla larga da posti come quello. Ci penserà Troy a tenerti sulla retta via, vero Troy?» Rido e gli lancio una patatina tiepida in faccia. «Lo so che non stai leggendo davvero. Non hai girato neanche una pagina.»

Lui sospira e appoggia il libro. Finalmente alza lo sguardo e dice qualcosa. «Forse sono solo un lettore lento.»

Mi sento immediatamente in colpa, perché potrebbe anche esserlo. Oppure potrebbe essere dislessico come Jane, la mia compagna di banco nella classe di inglese nell'ultima scuola. Mi aveva detto che una persona su dieci è dislessica e la maggior parte non lo sa nemmeno. Pensano di essere stupidi perché fanno fatica a leggere. Jane era la persona meno stupida della classe e probabilmente dell'intera scuola. Dev'essere frustrante quando il tuo cervello ti complica la lettura. Leggere è la cosa che mi calma e mi rende felice. Poi mi torna in mente la conversazione che abbiamo avuto venendo qui. Non si tratta del libro o di sua madre, proprio per niente. È che Troy è incazzato con me per via di Ethan Griggs.

«Perché lo odi così tanto? Non lo conosci nemmeno.»

«Neanche tu, Eleanor. E devi sapere delle cose sulla famiglia Griggs. Quella gente è pericolosa. Mia sorella mi ha detto tutto di suo fratello… delle cose che ha detto e fatto. Non mi fido di lui e non capisco perché invece tu sì.»

«Troy, tu come ti sentiresti se ti dicessi che sei uguale a tua sorella?»

Si schernisce al pensiero.

«Ecco, vedi. Tu non sei come lei, giusto? E posso dirlo senza neppure conoscerla.»

Ha capito l'antifona e riparte all'attacco. «Ma non è la stessa cosa...»

«E se ti dicessi che tu e tua madre siete uguali in tutto e per tutto? E che sei d'accordo con tutto quel che dice solo perché fate parte della stessa famiglia?»

«Ouch.» Mi guarda torvo. «Punto tuo, però non puoi essere così sicura che sia un bravo ragazzo. È molto bravo a fingere.»

«Non so spiegartelo.» Faccio spallucce e prendo un'altra patatina, me la infilo in bocca mentre parlo e sono stranamente consapevole che Barb non sarebbe contenta di vedermi mangiare e parlare allo stesso tempo. «È una sensazione.»

«Una sensazione? Davvero?»

A dirla tutta è lo stesso tipo di risposta stramba che darebbe Min, ma non ho intenzione di ammetterlo, altrimenti perderei il punto che ho ottenuto prima. «Sì, davvero. E non fare quella faccia. Non essere così scettico. Ho attraversato la boscaglia e sono salita sulla tua strana casa sull'albero, perché anche tu hai passato il test della sensazione. Quindi, considerati fortunato.»

Troy finalmente fa un mezzo sorriso e mi lancia una patatina in risposta. «La mia casa sull'albero non è strana. È una figata.»

«Solo un po'.»

Sto per prendere un'altra patatina, quando con la coda dell'occhio afferro una nuvola nera. Due mani pesanti atterrano sul tavolo tra me e Troy. Sollevo lo sguardo e vedo Ethan Griggs. Ha le sopracciglia aggrottate in una combinazione di rabbia, frustrazione e trionfo.

«Okay, Eleanor Jones. Sei ufficialmente fuori.»

«Ciao Ethan, che piacere vederti. Di cosa stai parlando?»

«Hai finito con il tuo numero del piccolo investigatore, capito?»

Mi fa lo stesso effetto di Min quando non urla ma riesce a farmi sentire una merda tale che mi viene da chiedere scusa per qualcosa che non so nemmeno di aver fatto.

Ma poi sento il bisogno di sfida che si fa strada. «Non puoi dirmi cosa devo fare, Ethan Griggs.»

«Questa è una merda vera, Eleanor! Non è un gioco, e non è roba da bambini.»

«Io non sono una bambina.» Sta cominciando a offendermi.

Fa una smorfia. «Quanti anni hai? Diciassette?»

«Sedici» borbotto in risposta.

«Anche peggio.»

«Non sono una bambina» ripeto, con sicurezza.

«Sul serio, Eleanor? Sei così grande.» Toglie le mani dal tavolo e vedo cos'ha sbattuto davanti a noi: è una bustina di plastica piena di piccoli cristalli rosati. «Hai mai conosciuto un drogato? Eh?»

Deglutisco, incerta su come rispondere alla domanda e aspetto un suggerimento.

«No» mento.

«Be', io sì. È come vedere qualcuno a cui vuoi bene morirti davanti agli occhi. Non è più la stessa persona... è come se qualcuno o qualcosa si fosse impossessato del suo corpo. Come un vampiro. Pensi che sia ancora lì, ma non c'è. C'è solo questa cosa che ti deruba, o che ti mente o che farebbe qualunque cosa pur di avere la sua dose.»

Ethan butta fuori l'aria e, come un palloncino sgonfio, si lascia cadere sul divanetto, accanto a me.

«Bren c'è dentro fino al collo.» Giocherella con la bustina di plastica e guarda quella invece che me o Troy. «È sempre stato sul filo del rasoio, ma adesso è completamente fuori controllo. Questa roba» scuote la bustina «è fortissima, e Bren la vende a chiunque gliela paga. La vende a poco prezzo e ti dà una dipendenza totale. Non c'è niente di buono in questa storia.»

Troy si schiarisce la gola e Ethan lo guarda aggressivo, quasi avesse completamente dimenticato che Troy è seduto lì.

«Se è tutto vero, Ethan, credo che devi andare alla polizia. Quello che racconti è roba seria.»

Ethan si lascia andare in una risatina sarcastica. «Ah.» Poi dice: «Eh già, io entro nell'ufficio della polizia con un sacchetto della droga più nuova in circolazione e loro penseranno che sono lì guidato dal mio buon cuore. Sei divertente, Masterson».

«Io conosco un poliziotto.» Troy alza le mani in segno di resa. «È una tipa a posto. Ti ascolterà, te lo garantisco... io...»

«Non vado da nessuna poliziotta» ruggisce Ethan. Prende la bustina dal tavolo e la infila nella tasca della camicia.

«Puoi smetterla di giocare a fare il duro per cinque secondi?» Mi giro con la schiena alla finestra per guardare Ethan in faccia.

Lui sembra scioccato, ma aspetta che io continui.

«È davvero incredibile che tu sia riuscito a scoprire un giro di droga enorme» dico con la voce che trasuda sarcasmo. «Bravo! Però Troy ha perfettamente ragione: non ha senso che tu abbia così tante informazioni se poi non le consegni a chi può fermare tutto. E in secondo luogo, cosa c'entra Angus con questo? Lo sapevamo già da prima che Bren era un perdente che spaccia droga. Lo so anche io che mi sono appena trasferita.»

«Ha ragione» dice Troy, pur senza la sua solita sicurezza. Sembra ancora nervoso in presenza di Ethan. «Non è una grande scoperta.»

Ethan lo fulmina con lo sguardo; lui tace e alza di nuovo i palmi.

«Eleanor» dice Ethan rivolto a me, e capisco che è serio perché non ha aggiunto Jones dopo il nome. «C'è qualcuno che lavora con Bren. Qualcuno probabilmente più in gamba di lui. L'hai detto anche tu. Chiunque fosse il tipo che era con Bren alla Sunny, sembrava il capo. Devo scoprire chi è quel tizio, prima di andare a dirlo a qualcuno.»

«Noi?» Guardo Ethan con un sopracciglio sollevato, ottimista.

«Io» ribadisce. «Voi dovete starne fuori.»

«Detesto ammetterlo, ma Griggs ha ragione» dice Troy dall'altra parte del tavolo. «E se Angus avesse scoperto per chi o con chi lavorava Bren ed è per quello che è stato accoltellato?»

Ethan annuisce. «Proprio così. Devo guadagnarmi la fiducia di Bren e sperare che mi dica tutto.»

«E come pensi di farlo?» Ripenso alla prima volta in cui ho visto Bren qui da Morgan's. Erano solo due giorni fa? «Non sembrate essere amici del cuore.»

«È per quello che volevo incontrarmi con lui ieri sera alla festa.» Ho l'impressione che mi stia parlando come se fossi una bambina dell'asilo. «Sapevo che sarebbe stato più facile in un ambiente del genere.»

Annuisco lentamente e mi sento male, ma poi mi ricordo che in un qualche momento, nelle ultime dodici ore, Ethan si è incontrato con Bren e si è procurato della droga.

«E quindi come hai fatto...» indico con un gesto del mento la tasca della camicia.

«Dopo aver accompagnato a casa Namita, ieri sera» inizia.

«Ah, grazie per averlo fatto» dico svelta. Dovrei forse ringraziarlo anche per aver portato Alfie a prendere il cart, ma non voglio esagerare.

«Mmmh» dice lui. «Riesce a essere più prepotente di te.»

Troy sta bevendo e gli scappa da ridere e sputacchia sul tavolo. Storco il naso e gli passo un tovagliolino. Ethan sorride.

«È andata benissimo» dice. «Bren era in grande spolvero quando sono tornato alla festa.»

«Quindi adesso lui pensa che anche tu sei nel giro

della droga?» Sto ancora cercando di capire qual è la strategia o come Ethan pensa di ottenere delle risposte in questo modo.

Lui scuote la testa. «Questa dose non è per consumo» batte la mano sul taschino. «Devo venderla. Sono uno spacciatore al soldo di Bren Roberts.»

24

«Quindi è ufficialmente fuori di testa, eh?» Troy guarda Ethan e poi me, a occhi sgranati.

«Ve l'ho detto…» Ethan ci sta quasi supplicando e non capisco perché ora ci tiene così tanto alla nostra opinione. «Ora ho solo bisogno che si fidi di me. Lo conosco. So che parlerà. C'erano degli altri ragazzi ieri sera. Sono dei tipi che uscivano con mio fratello e con Bren. Potrebbe essere uno di loro. Appena ho il nome o uno straccio di prova, vado dalla vostra amica poliziotta, d'accordo?»

«Ma è troppo rischioso e anche stupido, Ethan. Vuoi metterti a spacciare?»

Lui scuote la testa. «Certo che no, non dire cretinate. Ho dei soldi da parte. Farò finta di aver venduto.»

«E lo faresti per Angus?» Troy sembra confuso.

«Certo.» Ethan risponde con un tono assertivo che non lascia spazio a contestazioni. L'espressione di Troy si è ammorbidita. «È mio amico. È un bravo ragazzo e non c'è nulla che possa aver fatto per meritarsi quel che sta passando.»

Io non dico nulla. Faccio quella cosa antipatica che faccio di solito quando riesco a vedere entrambi i lati di una faccenda: sto seduta nel mezzo a guardare. Troy ha ragione. È una cosa pericolosa e rischiosa e non c'è alcuna garanzia che le cose vadano davvero come pensa Ethan. Ma ha ragione anche Ethan. È una possibilità e potrebbe funzionare. E inoltre la polizia potrebbe essere molto sbrigativa con lui e non credere a quel che ha da dire. Ha bisogno di una prova.

Sospiro.

«Quindi fatti da parte, Eleanor Jones, okay? Lascia che ci pensi io.»

Incrocio le braccia. «Hai tempo fino a mercoledì.»

«Cosa?»

«Mercoledì. Hai questo tempo per scoprire tutto quel che puoi, e poi io vado da Holly e le dico tutto.»

«Ma non è molto tempo, Eleanor, dai...»

«Motivo in più per risolvere la situazione prima che peggiori.» E in che modo possano andar peggio le cose quando ti immischi con lo spaccio di droga e gente che viene accoltellata, non ci voglio neanche pensare.

Ethan annuisce, ma credo che lo faccia solo per zittirmi. «Mercoledì.»

Si alza dal divanetto e va verso la porta. Il campanello sul telaio suona forte mentre esce.

Troy aspetta che Ethan se ne sia andato e la nuvola burrascosa di energia che porta con sé si sia dissipata.

«Non hai intenzione di tirarti indietro, vero?»

Sono così trasparente? Sono un po' delusa. «Sto

pensando che forse dovremmo valutare un approccio diverso...»

«Eleanor!»

«Vieni, c'è un altro posto dove volevo andare oggi.»

Sono stata all'ospedale di Min solo una volta, appena ci siamo trasferite. Cooinda è una cittadina molto piccola. La strada principale consiste in quattro diverse strade principali, da una parte c'è il fiume e da lì partono i negozi e i ristoranti. A pochi isolati in una direzione c'è la nostra scuola e nell'altra l'ospedale.

È un edificio anni Settanta di tre piani in mattoni gialli.

«Devo scusarmi con tua madre per ieri sera, Eleanor? È per questo che siamo qui?»

«Sono qui per parlare con Min, ma non c'è bisogno di scuse. Andiamo.»

Gli afferro un braccio ed entriamo. Il turno di Min inizia tra mezz'ora, ma so che lei è già arrivata. Non c'è nessuno in attesa al pronto soccorso, ma è presto. È sabato e la gente è impegnata nei vari sport del weekend. È solo questione di tempo prima che qui si riempia.

L'infermiere dietro il bancone è felice di aiutarmi quando gli spiego il motivo per cui siamo qui.

«Nessun problema» dice. «Conosco Min. Controllo se è arrivata. Accomodatevi.»

Ho appena appoggiato il sedere sulla plastica della sedia che la doppia porta si apre e Min appare.

«Len!» Sembra agitata. «Va tutto bene?»

«Eh?!» Non avevo minimamente pensato che presentandomi al pronto soccorso l'avrei mandata in panico. «Sì, sì, tutto benissimo. Scusami, non volevo spaventarti.»

Troy mi si avvicina a disagio. Si piega in avanti.

«Ehm, signora Jones. Cioè Min, ehm...»

Min sposta lo sguardo preoccupato su di lui.

«Min, ti ricordi Troy? Quello di ieri sera.»

Lui le sorride. «Volevo ringraziarla. Per aver aiutato Camille e tutto il resto. Mi spiace un sacco che è tornata a casa con tutto quel casino. Le garantisco che non è una cosa normale.»

Vorrei mollargli una gomitata alle costole e dirgli di smetterla di fare il lecchino a quel modo, ma Min sembra estasiata dalle sue scuse.

«Grazie, Troy» dice. «Apprezzo le tue parole.» Guarda di nuovo me. «Cosa posso fare per voi?»

«Volevo chiederti se potevamo andare a trovare qualcuno.»

«Camille è tornata a casa, Len. Te l'ho detto.»

«No, non lei.»

Min afferra la mia richiesta e apre la bocca a formare una piccola "o", poi si gira e parte. Io mi appresto a seguirla, ma anche Troy ha capito e sembra che i piedi gli siano rimasti attaccati al pavimento.

Mi guardo indietro. «Andiamo.»

Min ci accompagna lungo i corridoi e su un ascensore che porta al reparto dov'è ricoverato Angus Marshall. Arriviamo alla sua camera e lei si ferma. Sulla porta c'è un piccolo pannello di vetro da cui si vede la pediera del letto e una poltrona sotto la finestra. Sulla poltrona c'è un uomo vestito in blu e nero, la testa appoggiata a un braccio. Il gomito scivola dal bracciolo e lui si muove per poi tornare in uno stato di dormiveglia.

«È il padre di Angus» dice Troy piano.

«Vuoi entrare tu da solo per un po'?» gli chiedo.

Lui annuisce e apre la porta.

Osservo il padre di Angus sussultare al cigolio della porta. Poi vede Troy e gli si sgretola la faccia. Si alza, va verso di lui con le lacrime agli occhi e l'abbraccia.

Mi sento un'intrusa e mi faccio indietro.

«Pensi di entrare, Len?»

Mi ero dimenticata che ci fosse anche Min.

Scuoto la testa. «Magari dopo. Voglio lasciare un po' di tempo a Troy.»

Ci appoggiamo entrambe alla parete accanto alla porta. Inizio a parlare nello stesso momento di Min.

«Prima tu» dice lei.

«Mi dispiace, Min. Lo so che tutto quel che è successo negli ultimi giorni sembra brutto. Ma ti giuro che va tutto bene.»

Min sospira. «Sai una cosa, Leni? Lavoro nei pronto soccorso da parecchi anni ormai. Troppe volte ho visto gente rovinarsi la vita in un attimo. Basta un errore stupido a cambiare tutto.»

«Min… io…»

«Fammi finire, Eleanor. So anche quanto è facile giudicare gli altri quando li guardi da fuori. Si vede solo una parte della storia completa. La gente pensa sempre che gli altri abbiano una vita migliore, più facile. A volte è vero, certamente, ma la legge delle probabilità dice che tutti avranno qualche momento devastante nella vita.»

Mi chiedo dove voglia andare a parare, ma a pensarci bene io che corro nella boscaglia con Bren che mi segue in moto può essere uno di quei "momenti che possono andare a finire male". Ma anche guidare un golf cart al buio con una persona quasi in coma etilico fa probabilmente parte della categoria.

«Mi sono fatta un'idea sbagliata. Ti chiedo scusa» continua Min. Un attimo. Cosa? Adesso si sta scusando? Mi sembra di essermi persa un passaggio importante. «Ho dimenticato che essere una ragazzina... un'adolescente è triste e stressante e faticoso e travolgente.»

Annuisco entusiasta. Sì, è esattamente così.

«Non fraintendermi. Anche essere grandi può essere così e se poi ci aggiungi il pensiero delle bollette da pagare e la responsabilità nei confronti di altri, be'... a volte anch'io ho i miei bei momenti di autocommiserazione.»

Ridacchio e tiro su col naso. Essere capita mi turba abbastanza.

Min si gira verso di me. «Abbraccio?»

«Tutta la vita.» Mi chino verso di lei e la stringo. Sono più alta di lei e mi fa strano. Le cingo le braccia intorno alle spalle e al collo, invece che intorno alla vita come da piccola.

Lei si allontana e mi stringe di nuovo.

«Suo padre sta qui tutto il giorno, tutti i giorni.» Fa cenno verso la porta della stanza di Angus. «Volevi entrare a presentarti?»

Annuisco, ma esito. Ho un groppo in gola.

«Len, vorrei chiedere una cosa e forse il tuo amico Troy potrebbe aiutarmi. Non è molto professionale da parte mia, però.»

«Okay.» Mi ha incuriosita. Quando si tratta di lavoro, Min si attiene alle regole, per filo e per segno. Alzo un sopracciglio. «Non è che vuoi che gli infili un cristallo curativo nel letto, vero?»

Min inclina la testa e mi guarda, con un accenno di sorriso. Ma quell'espressione svanisce velocissima e mi rendo conto che è molto seria. La invito a parlare.

«Quando Angus è stato portato dentro, aveva una bruttissima ferita a un braccio. Era stata medicata, ma non molto bene. Sembra essere un'ustione. Da tutte le relazioni e a guardarlo così, il padre sembra un genitore amorevole e attento, ma...»

«Vuoi che chieda a Troy se crede che Angus possa essere stato maltrattato dal padre? Ma sei seria?»

Min guarda su e giù per il corridoio, come se avesse paura che qualcuno possa sentirci. Si china e abbassa la voce.

«Non sarebbe la prima volta che un familiare è così presente e attento con un paziente incosciente. Vogliono esserci quando si sveglia per assicurarsi che la loro versione della storia sia quella ufficiale.»

Faccio una smorfia al pensiero delle porcherie che Min deve sorbirsi regolarmente.

«Vedrò cosa riesco a scoprire» le prometto.

Mi strizza un braccio. «Sei tranquilla a tornare a casa?» Forse è preoccupata che anche Troy abbia la moto. O un cart.

Annuisco. «Ci sono autobus tutto il pomeriggio. Ci vediamo a casa?»

Mi dà un altro abbraccio veloce. «Porto a casa la cena. Poi ho dei giorni di riposo. Sarebbe carino stare un po' insieme, no? Ti voglio bene, Leni. Fa' la brava.»

Quando se ne va, faccio un bel respiro. Spingo la porta ed entro nella stanza.

Troy e il papà di Angus sono seduti adesso. Uno per lato del letto, e Angus in mezzo, sdraiato sulla schiena. Un grosso macchinario con le ruote dietro Troy emette un bip acuto. È l'unico rumore nella stanza.

I due sollevano lo sguardo verso di me e Troy si alza in piedi. Anche il padre di Angus fa un tentativo, ma inciampa.

«Per favore» dico. «Stia comodo.»

Troy gli rivolge lo sguardo. «Paul, lei è Eleanor Jones. È la ragazza che...»

«Tu sei quella che mio figlio doveva incontrare?»

«No...» sono confusa. «Non ci dovevamo vedere. Angus aveva annullato.»

«Sì, sì, certo.» Paul è pallido e ha profonde occhiaie scure. Si passa la mano tra i capelli arruffati e guarda il figlio con aria assente, prima di parlare di nuovo. «Mi piacerebbe che avesse incontrato te.»

«Piacerebbe a tutti» dico io. Ed è vero. Questa non è una bella situazione per nessuno. Men che meno per Angus. «Mi dispiace moltissimo per quel che è successo.»

Paul sorride, ma sembra più una smorfia e gli occhi gli si riempiono di lacrime. «Sarebbe contento di sapere che ci sono i suoi amici qui. Avete fatto bene a venire.»

«Possiamo fare qualcosa per te, Paul?» si offre Troy. «Eleanor e io siamo qui. Possiamo rimanere un po'.»

Sono contenta per questa proposta. Mi aiuterebbe a rispondere almeno a una delle domande di Min.

Paul annuisce, anche se con riluttanza. «Grazie, Troy. Forse dovrei andare a farmi una doccia e prendere vestiti puliti, per me e per Angus.»

Troy ride con un suono acuto e alto nella stanza. Mi chiedo cosa ci sia di così divertente, ma Paul sorride di nuovo, e stavolta sembra più convinto.

«Angus inorridirebbe, vero? Siamo entrambi conciati da schifo.»

«Sì, è decisamente particolare» conferma Troy, cercando di non essere offensivo.

«Per lui tutto deve essere in perfetto ordine.»

Io ripenso al raccoglitore pieno di appunti disordinati, ma non dico nulla.

«Ti ricordi come classificava per colore le automobiline fatte con le scatole di fiammiferi?» dice Troy con un sorriso. «Julie ne spostava sempre una o due, giusto per farlo arrabbiare.»

«Lo fa ancora, però con i vestiti e con le scarpe.» Paul guarda il figlio immobile con affetto. «E con i libri di scuola. Ogni materia ha il suo colore; tutto perfettamente classificato. Giallo per geografia, fucsia per fisica, blu per biologia.»

«Ma davvero? E di che colore è inglese?» mi viene da chiedere mentre ripasso i colori dell'arcobaleno.

«Ah, è lì che si capiscono le piccole manie di Angus. Inglese è viola, ma Angus sostiene che sia indaco, e chimica arancione ma lui dice che è corallo. Quel ragazzo è molto più intelligente di me, quindi chi sono io per mettere in discussione la cosa?» Posa la mano sul lenzuolo che copre la gamba di Angus e gli dà una strizzatina prima di alzarsi.

«Grazie, Troy. Apprezzo davvero il tuo gesto e so che anche Angus sarebbe contento. Faccio più in fretta che posso.»

«Prenditi tutto il tempo che vuoi. È il minimo che posso fare. Cercheremo di aggiornarlo su quel che si è perso a scuola negli ultimi giorni, eh?»

Paul prende la giacca e guarda di nuovo Angus, prima di sospirare forte e annuire.

«Grazie» dice di nuovo ed esce dalla stanza.

Io l'attraverso e vado a sedermi sulla poltrona che Paul ha appena liberato e cerco di non mostrare fastidio per il calore che conserva. Guardo Troy e poi Angus. Il bip del macchinario batte un ritmo regolare in sottofondo, molto più lento del battito veloce del mio cuore.

«Che c'è? Cos'è quell'espressione strana?» mi dice Troy.

«I raccoglitori» dico. «Ancora non ci trovo un senso, ma è come se sentissi che c'è qualcosa.»

«I raccoglitori?»

Annuisco. «I raccoglitori degli appunti, tutti ordinati per colore e quello blu per biologia.» Mi sono ripetuta tutte le iniziali.

«E?» Troy pare perplesso e cerca di capire dove voglio andare a parare.

«Quando ho incontrato Angus il raccoglitore e gli appunti erano un casino. È per quello che ho pensato che avesse bisogno di aiuto… cosa che adesso ho capito non essere possibile. Però me l'ha fatto credere e non capisco perché.»

«Giusto.» Ma Troy ancora non mi segue.

«Era il raccoglitore degli appunti di biologia. Blu è per biologia?» Scuoto la testa. «Il raccoglitore di biologia che aveva Angus il giorno che l'ho conosciuto era rosso acceso.»

25

«Eleanor, piantala!» Penso che Troy sia davvero sul punto di arrabbiarsi. «Vai avanti così da giorni. Piantala con 'sta storia dei colori dei raccoglitori.»

«Namita, vorresti intervenire?» chiedo mentre camminiamo lungo il corridoio. Questa conversazione continua ormai da sabato pomeriggio, quando siamo andati in ospedale. Più tardi ho chiamato Namita e, dopo essermi presa i suoi insulti per averla fatta andare in moto, l'ho aggiornata su tutto. Millie, Angus e i raccoglitori di colori coordinati. Era d'accordo con me. C'è qualcosa che non torna sul fatto che il raccoglitore per biologia fosse rosso.

«Non riattaccare.» Troy punta un dito verso di me. «Comincio a pensare che ti piaccia la cospirazione.»

Namita fa il broncio e si stringe i libri al petto. «Prova a trovare una tonalità di rosso che inizi con "B", Troy.»

Lui mi guarda come se io avessi la colpa di qualcosa.

«Secondo me è una teoria un po' troppo stiracchiata

pensare che un colore fuori posto c'entri con un accoltellamento» interviene Alfie. Troy fa un sorriso trionfante. «Certamente, è strana, ma conferma la nostra di teoria, che forse Eleanor sa più di quanto non creda.»

Il sorriso di Troy si trasforma in una specie di linea dritta. Non capisco perché non sia sorpreso che Alfie faccia l'avvocato del diavolo.

Giriamo l'angolo e vedo l'armadietto di Angus. Alcuni dei fiori sono già appassisti e marroni e il nastro adesivo della polizia si sta staccando da un lato.

«C'è un modo semplice per confermare la mia teoria» dico.

Namita segue il mio sguardo. «Oooh, Eleanor! Vuoi scassinare l'armadietto?»

«Ma a cosa serve?» chiede Troy. «La polizia ci ha già guardato. Se ci fosse stato qualcosa di insolito, l'avrebbe già trovato.»

«No, se non sapevano cosa cercare. Sono convinta che ci debba essere un indizio da qualche parte.»

«Il raccoglitore rosso potrebbe anche non essere lì» accenna Alfie. «Potrebbe essere a casa sua o nella borsa di scuola. Che fine ha fatto la borsa? Ne sappiamo qualcosa? Ce l'aveva con sé alla Sunny?»

Guardiamo tutti Troy.

«Perché dovrei saperlo?»

«Non eri tu quello informato sui fatti?» chiede Namita. «Sei tu l'amico della polizia.»

«E hai passato quasi tutto il sabato pomeriggio con suo padre.» Alfie sembra sul punto di prendere posizione. «Non hai parlato con lui di quel che è successo?»

Troy scuote la testa. «Non mi sembrava il caso. Abbiamo parlato del periodo in cui ero ancora piccolo, quando Julie era viva. Ricordi che l'hanno reso più felice.»

Sono contenta che Alfie abbia fatto la domanda. Morivo dalla voglia di sapere di cos'avevano parlato dopo che me ne sono andata. Troy non sembra troppo teso oggi. In un certo senso speravo che passare un po' di tempo con il padre di Angus – e con Angus, per quanto incosciente su un letto di ospedale – l'avrebbe fatto sentire un po' meno in colpa.

«E Holly?» continuo.

«Non mi ha detto nulla, lo giuro» dice. «Non me ne ha più parlato. Credo che abbia saputo da mia mamma che io e Angus non eravamo più in contatto ultimamente.»

Quando raggiungiamo l'incrocio tra i corridoi Namita saluta e scompare nella sua aula. Alfie e Troy vanno in una direzione e io devo andare in quella opposta.

«A più tardi» dico, con l'idea dell'armadietto di Angus ancora in testa.

Non aspetto la risposta e mi avvio lungo il corridoio. Come si fa a scassinare un armadietto? Devo recuperare un tronchese? O posso cercare di scoprire il codice? Sono completamente persa nei miei pensieri quando sento qualcuno che mi tocca una spalla. Mi giro e vedo Camille dietro di me. Non ha una bella cera. Sembra ammalata.

«Ciao, Camille.»

«Ciao, Eleanor» dice piano. La voce un po' roca.

«Stai bene?» le chiedo. «Sembri…»

«Uno straccio, lo so» risponde con un ghigno. «Non è stato un gran weekend.»

«Lascia perdere.»

«Senti, sono imbarazzata per quel che è successo e volevo…»

«Non devi scusarti» la interrompo. «Non è stata neanche colpa tua. È stata quella amica di mer…»

Non riesco a finire la frase che vedo la suddetta amica di merda procedere lungo il corridoio come se fosse la padrona della scuola. Viene dritta verso di noi.

«Oh, ma guarda un po'» esordisce Tyler avvicinandosi. «C'è l'assassina. Stai attenta alle compagnie che frequenti, Camille. Potrebbe rincorrerti con un coltello.»

Ti inseguirei con qualcosa di più di un coltello, brutta stronza di merda.

Rimango zitta mentre passa oltre.

«Vieni con noi, Camille?»

«Come fai a essere ancora sua amica, dopo quel che ti ha fatto?» dico con calma a Camille.

Lei fa spallucce. «Pensava che fosse divertente. Non credeva che la cosa potesse sfuggirle di mano.»

«Cosa? Ma sei seria?»

«Siamo amiche da una vita, Eleanor. Non puoi capire. Io la conosco.»

«Non posso crederci che non dai importanza alla cosa. Ma lei lo sa quanto sei stata male? E che sei finita in ospedale?»

Dallo sguardo di Camille capisco che Tyler non ne ha idea.

«Volevo solo chiederti se per favore puoi ringraziare tua madre per tutto quel che ha fatto per me. E anche tu, e Troy e Alfie. Davvero, grazie.»

«Maigraid, dai! Muoviti!» La voce di Tyler echeggia fino a noi. «Piantala di perder tempo con l'assassina.»

Camille sussurra un altro grazie e scappa via, al seguito di Tyler come un cagnolino. Non posso crederci. Perché cavolo si dovrebbe essere amici di una che ti fa volontariamente del male? Una di cui non puoi fidarti? Una che tratta la gente come… criminali. Vabbe', okay, forse tratta solo me come un criminale, però… Sono io l'unica a notare quanto sia orribile?

Ma sul serio, proprio ora che mi sembrava di capire com'è che funzionano le persone. Non credo che ci riuscirò mai. Allo stesso tempo mi sento grata. Troy, Alfie, Namita, Ethan. Quattro persone che la settimana scorsa non sapevo neanche chi fossero, adesso posso dire che sono mie amiche. Ho quasi paura di ammetterlo. Non sono mai stata così bene con persone della mia età. Non ho mai potuto contare su nessuno, tranne Min, ovvio. È incredibile sapere che le cose sono migliori, più divertenti e addirittura più facili se hai delle persone – delle brave persone – nella tua vita. E poi penso a Min e al suo costante bisogno di spostarsi. Lo so già che non voglio andarmene da questo posto e da questi nuovi amici. Ho un dolorino al cuore, una fitta di consapevolezza che le cose adesso vanno bene, ma potrei perdere tutto in un attimo.

26

Corro al mio armadietto proprio al suono dell'ultima campanella di uscita. Ho un piano. Voglio che Troy vada a parlare di nuovo con il padre di Angus. Alfie ha ragione. Dov'è la sua borsa di scuola? E cosa c'è a casa che la polizia potrebbe aver ignorato? C'è il famoso raccoglitore di biologia?

Prendo tutto velocemente e mi precipito verso l'uscita. Sono quasi sul cancello, diretta alla fermata dell'autobus, quando qualcosa attira il mio sguardo verso un lato della scuola, dove c'è il parcheggio.

In lontananza vedo Troy che parla fitto con una ragazza, che mi dà le spalle. Di qualunque cosa si tratti, sembra una roba seria.

Mi fermo e osservo, chiedendomi chi possa essere. Lei si gira e si sposta i capelli dalla faccia e la riconosco subito. È il sergente Holly Williams. La stessa poliziotta che Troy ha negato di aver rivisto.

Mi si stringe lo stomaco e mi viene quasi da vomitare. Lui ha giurato, letteralmente, due minuti fa, di non averle parlato. Le ha detto tutto? Dovrei forse avvisare Ethan?

Li osservo ancora per un momento. La loro conversazione sembra essere sempre più concitata: si sbracciano e le voci sono alte e quella di Troy viaggia così lontano che direi proprio che sta urlando. Holly indica l'auto e si dirige verso il posto del guidatore. Troy non si muove, finché lei si allunga e gli apre la portiera del passeggero che lo colpisce a una gamba. Lui sale in macchina e partono verso l'uscita del parcheggio.

Sono furibonda. Non riesco neppure a pensare con lucidità. L'ha giurato! Lo sapevo. Le persone ti tradiscono sempre.

Cerco di ricordarmi la strada più breve per il posto dove Ethan parcheggia la moto, ma l'unica che conosco mi porterebbe a passare proprio davanti alla macchina di Holly. Mi giro per tornare all'edificio principale e vedo Alfie. Forse lui mi può spiegare cosa sta succedendo.

«Alfie!» Vado verso di lui e agito le braccia perché mi veda. «Alfie! Troy se n'è appena andato con...»

Alfie mi ignora e Camille Maigraid gli arriva accanto e lo prende sotto braccio. Mentre se ne vanno lui si gira verso di me raggiante.

«Ciao, Eleanor» saluta allegro. Ovviamente non si è proprio reso conto che io avevo iniziato a dirgli qualcosa. «Accompagno a casa Millie.»

«Ah.» Non so cos'altro dire. È così gongolante che non vorrei rovinargli il momento, anche se sono abbastanza sicura che Camille lo consideri solo un amico.

«Ciao, Eleanor» dice lei. «Vieni con noi? Mi sa che hai perso l'autobus.» Fa un cenno in direzione della strada alle mie spalle e io mi giro per vedere gli ultimi due autobus che partono. Guardo Alfie e la sua espressione implorante mi suggerisce di dire di no. Però avrei davvero bisogno di parlargli.

D'accordo Alfred Ryan, hai vinto.

Scuoto la testa. «Tutto a posto» dico, anche se niente è a posto. Devo parlare con qualcuno di questa cosa. «Andate pure. Mi è appena venuto in mente che ho lasciato una cosa nell'armadietto. Prenderò l'autobus di linea.»

Rientro. I corridoi sono quasi vuoti. Gli studenti se ne sono ormai andati tutti. C'è ancora qualcuno che si trattiene fuori. Anche se ho detto una bugia a Camille, vado ugualmente verso il mio armadietto. Dovrei chiamare Ethan per avvisarlo?

Arrivo lì e mi fermo. Mi appoggio all'anta di metallo freddo, tiro fuori il telefono dalla borsa e mando un messaggio a Ethan.

Sei in giro? Devo parlarti.

Esito un istante, poi copio il messaggio e lo mando anche a Namita.

«Tutto bene, signorina Jones?»

Faccio un salto e il telefono quasi mi cade nella borsa. È il prof Natale, l'insegnante di biologia.

«Mi ha fatto paura» gli dico.

«C'è qualche motivo per cui sei in giro per le aule, Eleanor?»

«Be', cioè, no. È che ho dimenticato una cosa. Non si preoccupi.»

«Va bene, ma sbrigati.»

Annuisco e mi accorgo che non si sta spostando. Mi giro e armeggio con il lucchetto, poi apro e guardo dentro l'armadietto. Non c'è proprio niente di cui posso aver bisogno, ma prendo il libro di inglese.

«Eccolo!» dico con un sorriso falso mentre saluto il prof.

Natale grugnisce in risposta e si avvia verso il laboratorio di scienze. Io chiudo lo sportello e lo seguo. Cammino piano. Non riesco a smettere di pensare a Troy. Ha parlato con Holly in tutti questi giorni? La settimana scorsa si è seduto accanto a me sull'autobus perché lei gli ha detto di fare amicizia con me? Forse lei lo ha mandato in missione segreta proprio come ha fatto Min con me e il padre di Angus. Forse non è mio amico. Forse mi sono proprio sbagliata. Mi sono lasciata prendere dal sentimentalismo, con la storia dei nuovi amici e forse nessuno di loro prova la stessa cosa per me. Forse sono solo la ragazza che sa qualcosa sugli ultimi eventi drammatici a scuola.

Quando mi avvicino all'armadietto di Angus sollevo lo sguardo, quasi per abitudine. C'è qualcuno lì davanti. L'anta è aperta e quella persona ci sta frugando dentro. Controllo il corridoio per vedere se il prof Natale è ancora nei paraggi, e se c'è qualche altro insegnante da chiamare. La persona mi dà le spalle e non indossa l'uniforme della scuola. È alta e magra e indossa un paio di jeans scuri e una felpa bianca col cappuccio. Si sposta un po' e capisco subito chi è. E inizio a sudare. È Bren Roberts, non c'è dubbio.

Mi avvicino, cercando di non far rumore con le scarpe pesanti sul pavimento in linoleum. Mi sposto su un lato del corridoio per avere una visione migliore sull'interno dell'armadietto e da quella posizione noto che c'è una pila di raccoglitori, uno sopra l'altro e in scala di colore, come un arcobaleno.

Bren si sposta un po', tira fuori i raccoglitori uno a uno, li scuote un po' e scorre le pagine prima di rimetterli dentro.

Ancora un altro passo e riesco a vedere cosa c'è dentro.

«Dovevo immaginarlo che siete della stessa risma.» La voce risuona alle mie spalle e Bren si gira di scatto. Io mi muovo molto più piano, perché so già chi è.

«Ciao, Tyler» dico. Lei è dietro di me, in mezzo al corridoio con le braccia conserte che batte un piede a terra. «Il tossico e l'assassina» sbuffa ironica. «Ma che sorpresa! Allora voi due fate il paio.»

Bren mi guarda come se non si fosse ancora accorto che ero lì. Fa una smorfia. So che mi riconosce, ma non riesce a ricordare dove mi ha già vista.

Tyler lo distrae. «Non vieni neanche più in questa scuola. Che ci fai qui?»

Bren si gira verso di lei, un po' confuso dalla sua ostilità. Io sto per informarlo che è sempre così, ma poi mi ricordo che lui non è mio amico e che lei faceva la smorfiosa con lui alla festa. A pensarci bene non si è rivolta a lui come se fosse un "tossico" l'altra sera.

«Ciao, Tyler» balbetta lui. «Magari sono venuto a cercare proprio te.»

«Dubito» risponde lei.

Non capisco se c'è del sarcasmo o meno.

«E comunque sono troppo giovane per te, no?» gracchia Bren. Mi dà il disgusto.

«Non c'entra l'età» risponde Tyler arrogante. «Si tratta di maturità e tu non ne hai proprio.»

Cerco di capire se posso togliermi da lì senza farmi notare, ma ho troppa paura di muovermi. Temo che se mi sposto uno dei due potrebbe ricordarsi della mia presenza.

«Non dovresti essere qui» ribadisce Tyler e stavolta il suo tono sembra un avvertimento. La ragazza ha fegato, non c'è dubbio. Ma poco cervello. «Vado a dirlo.»

Tyler mi rivolge uno sguardo disgustato, gira sui tacchi e si avvia, probabilmente alla ricerca di qualcuno a cui denunciarci. L'attenzione di Bren ora si sposta su di me: inclina la testa e mi fissa con sguardo gelido. Sta ancora cercando di inquadrarmi e probabilmente sta cominciando a unire tutti i puntini, perché sulla faccia gli si disegna un'espressione di consapevolezza.

Mi sembra di avere i piedi di cemento e ripenso alla solita storia: fuggire o immobilizzarsi? Fuggire, fuggire! Devo muovermi.

Lui fa un passo verso di me, con un'espressione un po' diversa. Era quel che mi serviva.

Scappo.

27

Quando arrivo in città il cuore è sul punto di esplodere e le gambe sono di gelatina. È ufficiale. Non sono un'atleta.

Sono sicura che Bren non mi sta seguendo, ma non ho ancora intenzione di rallentare per controllare. Il pensiero di averlo alle calcagna mi terrorizza a tal punto che non riesco a rilassarmi neppure quando arrivo alla fermata dell'autobus. In una situazione normale tirerei fuori il libro e mi metterei a leggere o quanto meno mi metterei seduta a guardare il telefono, ma la paranoia che Bren coi suoi occhi spiritati sbuchi fuori da un momento all'altro è tale che resto in allerta.

Mentre aspetto l'autobus con impazienza osservo chiunque passi in entrambe le direzioni e cerco di rendermi invisibile. Quando finalmente il mezzo accosta, il cuore è tornato a battere normalmente e mi siedo (centrale, lato finestrino) con un sospiro di sollievo.

Chiudo gli occhi e cerco di ricordare quel che ho visto nell'armadietto di Angus. I raccoglitori colorati c'erano, ma c'era anche quello rosso? C'era il fucsia, il giallo, forse il viola. Avevano tutti una grossa scritta nera sulla costa, ma ero troppo lontana per riuscire a leggerle. Cosa diavolo cercava Bren lì dentro? Mi domando se, qualunque fosse l'oggetto della sua ricerca, era lo stesso a cui si riferiva la settimana scorsa da Morgan's.

L'autobus si sta avvicinando alla fermata di Angus e alla Sunny. Sono tentatissima di scendere e andare a curiosare ancora, anche dopo quel che è successo l'ultima volta. Non ho idea di cosa potrei trovare se lo faccio, ma sento che tornare lì potrebbe essere d'aiuto. È come se tutti i vari elementi mi vorticassero in testa e, anche se nessuno sembra aver senso, se solo riuscissi a trovare il pezzo mancante del puzzle, vedrei l'immagine per intero.

Bella intuizione, Eleanor. Il pezzo mancante è Angus. Lui è al centro e lo sappiamo tutti. Solo che non può dirci cosa sta succedendo. L'autobus si ferma e una vecchietta si alza per scendere. Guardo fuori dal finestrino il vecchio cartello che indica la Sunny. Le auto sfrecciano accanto al bus mentre la vecchietta si prende tutto il tempo per scendere i gradini e con la coda dell'occhio intercetto un veicolo che rallenta e prende la laterale che porta alla Sunny. È una moto.

Ma che cavolo. Schiaccio la faccia contro il finestrino. Sì, è senza dubbio Ethan. Dietro, stretta forte a lui c'è una ragazza con l'uniforme della Cooinda Secondary. Ha il casco e non vedo la faccia, ma la schiena è coperta da una chioma di capelli neri e lucidi e lo zaino mi è familiare. Non c'è bisogno di essere Miss Marple per capire che si tratta di Namita. Prendo il telefono. Nessuno dei due ha risposto al mio messaggio e adesso stanno andando da qualche parte insieme. Com'è possibile che Namita non mi ha detto niente? Come ho fatto a perdermi tutti questi movimenti?

Ricado sul sedile, amaramente delusa. Prima Troy che mi mente, poi Alfie che mi scarica, e adesso questa?

La sensazione di calore e tenerezza che ho provato nei giorni scorsi si trasforma in un groppo in pancia che mi rende triste e nauseata insieme. Ma chi volevo prendere in giro? Pensavo davvero che in questo posto avrei trovato qualcuno che mi apprezzasse per quel che sono e volesse essere mio amico. Che idiota. Avrei dovuto saperlo. La gente pensa solo a se stessa ed è molto meglio stare coi libri. Questa città e questa scuola non sono diverse dalle altre.

L'unica cosa che rimane la stessa è la solitudine. Come per la Eleanor della canzone. Fantastico.

Resto in attesa tutta la sera a controllare il telefono in continuazione, come se temessi di perdermi le notifiche se qualcuno volesse mettersi in contatto con me. Se da una parte ho deciso di mollare tutti quanti, dall'altra spero che Troy mi mandi un messaggio per spiegarmi cos'è successo con Holly. O che Alfie aggiorni il gruppo su come è andata la sua passeggiata con Camille. O che Namita mi dica qualcosa su quel che sta succedendo con Ethan. Min è preoccupata quando le dico che vado a letto presto, e sono sicura che non riuscirò a dormire, anche se farò finta. Sono completamente disorientata quando mi sveglio al rumore di qualcuno che bussa alla porta.

Frugo tra le lenzuola in cerca del telefono per vedere che ore sono. Sono le 6:30. Il sole sta sorgendo.

Fuori dalla mia camera sento Min che si trascina imprecando per andare a rispondere. Io mi protendo per sentire chi è, ma le voci sono attutite.

È decisamente troppo. Devo sapere.

Mi alzo, vado verso la porta della camera e metto la testa fuori per guardare in corridoio.

«Ah, bene. Sei sveglia.» C'è il sergente Holly Williams sotto il portico e Min ci guarda entrambe, indecisa su con chi essere più arrabbiata.

«Non era facile continuare a dormire con 'sto casino» rispondo.

«Ho bisogno che vi vestiate e mi seguiate al commissariato» dice.

«Cosa?» Min è molto confusa e, a essere sincera, lo sono anch'io.

Esco in corridoio e raggiungo Holly.

«Cosa succede?»

«Per favore, Eleanor, Melinda.»

Min scuote la tesa. «Sono d'accordo con Eleanor. Cosa sta succedendo? Eleanor è nei guai?» deglutisce. «Dobbiamo chiamare un avvocato?»

Holly esita il tempo sufficiente perché Min mi afferri per un braccio. Sembra molto seria. «Dobbiamo fare alcune domande a Eleanor e l'interrogatorio deve essere registrato. Tu puoi stare con lei.»

«Certo che ci resto.» Min si è messa tra me e Holly.

Holly ha occhiaie scure e sospira rumorosamente. «Per favore, potete vestirvi e seguirmi in città?»

Né io né Min ci muoviamo.

Holly ci guarda e ci fa un cenno. Deve darci qualcosa in cambio.

«Il corpo di Bren Roberts è stato trovato appena fuori del cortile della scuola, stanotte.» Cambia posizione mentre parla: dritta, nonostante la stanchezza. «A quanto pare è stato accoltellato con la stessa arma usata contro Angus Marshall. Quelli della squadra omicidi arriveranno in giornata dalla città e ho bisogno di fornire loro tutte le informazioni possibili quando arrivano.»

Min mi guarda confusa e io sospiro a fondo. Non so cosa dire.

«Ci è stato detto che ti hanno vista parlare con lui ieri, dopo la scuola» continua Holly. Io provo a intervenire, ma lei alza la mano. «Ne parliamo alla centrale. E c'è un'altra cosa che devi sapere: Ethan Griggs è stato coinvolto in un incidente stradale ieri sera. È grave. Gli sono state trovate addosso sostanze illegali e l'ultimo messaggio sul suo telefono era tuo. Di nuovo.»

28

In auto, diretta verso il commissariato con Min, mi sento nauseata. Non so se per la sveglia all'alba o per le notizie di Holly. Una fascia di color rosa fluorescente avvolge il terreno, gialli e azzurri pastello si avvicendano lentamente mentre il sole inizia a sorgere.

Stiamo entrambe in silenzio.

Guardo fuori dal finestrino cercando di far mente locale su quello che ha detto Holly. Non posso credere che Bren sia morto. L'ho visto ieri. Lo rivedo ancora chinato sull'armadietto di Angus come una mantide religiosa incappucciata.

Holly ha detto che è stato trovato vicino al cortile della scuola. Il che significa che il colpevole era già lì. Mi viene da vomitare. Bren era un essere decisamente spregevole, per quel che ne so, ma non meritava di morire. E c'è dell'altro: come farà a dire a Ethan chi è il responsabile dei vari omicidi se adesso è morto?

Ethan!

Sono contenta che sia vivo. Ma è grave? Sembra...

una cosa brutta. Era così sicuro di sé su quella moto. E io mi fidavo di lui. Però Min ha ragione: gli incidenti succedono. Non si può mai sapere.

Namita!

Spero che stia bene. Di sicuro non era con lui quando ha fatto l'incidente. Holly me l'avrebbe detto, giusto? Probabilmente lei non ne sa ancora niente. Forse lui l'ha accompagnata a casa e qualunque cosa gli sia successa, è successa dopo. Perché Namita non mi ha più risposto ieri sera? E se Troy aveva ragione sin dall'inizio? E se io ho fatto conoscere Namita a Ethan e lui è coinvolto e adesso lei non sta bene ed è tutta colpa mia?

Sblocco il telefono e scrivo:

Sei viva? Rispondimi ASAP!

Il messaggio è consegnato ma non c'è segno di risposta. Sospiro e Min pensa che io voglia parlare.

«Eleanor, chi è Bren Roberts?»

Sospiro di nuovo. Come faccio a spiegarglielo senza risultare davvero pessima?

«È un ex alunno della scuola» inizio, ma posso già dire che non è il modo migliore per iniziare la storia. «Era amico del fratello più grande di Ethan e…»

La guardo. La bocca è tirata in una linea dritta. Merda. Sistemo la cintura e mi giro verso di lei. Forse devo darle qualche altra spiegazione.

«Okay, ti ricordi l'altra sera quando ero seduta sulle altalene lì fuori con Ethan e poi tu mi hai chiesto come mai avevo le gambe sporche e graffiate?»

«Sì.»

«Allora, può essere che non ti ho raccontato tutta la storia.»

«Eleanor.» Min non sembra nemmeno arrabbiata. Più che altro stanca.

«Be', hai presente l'altro giorno quando hai visto Ethan...» e decido di raccontarle tutto. Da quando ho chiesto a Troy di dirmi chi era Ethan. E che poi siamo andati da Morgan's al pomeriggio e lì sono stata testimone della lite tra lui e Bren. E che ho deciso di scendere dall'autobus alla fermata della Sunny. E che mi sono nascosta ad ascoltare quel che si dicevano Bren e l'altro tizio. (Le nocche delle mani di Min strette sul volante a questo punto diventano bianche.) E che poi sono scappata tra le sterpaglie e Bren mi ha seguita e io l'ho colpito in testa con un pezzo di legno e che a quel punto è comparso Ethan che mi ha riportata a casa e così la storia è completa.

«Leni! Ma perché me lo racconti solo adesso?!» Quando arriviamo al commissariato di polizia frena così forte che la ghiaia schizza via da sotto le gomme. «Credevo che fossimo amiche. E che mi dicessi tutto.»

«Ma tu sei stata molto impegnata. Con il nuovo lavoro, la casa nuova, una nuova città. Non volevo disturbarti...» La voce si assottiglia e suona molto impacciata. Sappiamo entrambe che non è vero. Sapevo sicuro come l'oro che mi avrebbe sgridata anche solo per aver pensato di immischiarmi in una faccenda del genere.

Min spegne la macchina e si sposta sul sedile per guardarmi dritto in faccia. «Eleanor, qualunque cosa stia succedendo, in qualunque cosa fosse coinvolto questo Angus, ci sono dei morti. Adesso noi entriamo lì dentro e tu dirai ogni singola cosa alla polizia. Sono stata chiara?»

«Chiarissima.» Annuisco, e mi ricordo che non ho detto a Min del fatto che Ethan ha comprato la droga da Bren e che si è finto uno spacciatore. «Chiarissima.»

Il commissariato di polizia di Cooinda ha un aspetto incredibilmente moderno dall'esterno. Sembra quasi una casa da riviste, in pietra e intonaco e angoli bizzarri. Dentro però ha lo stesso odore di tutte le segreterie delle scuole in cui sono stata. Moquette vecchia e varia umanità. Probabilmente anche vomito mischiato a disinfettante e profumatore per ambienti.

Holly ci presenta ad alcuni uomini che chiama "colleghi". Hanno tutti un aspetto simile. So già che non ricorderò mai i loro nomi. Giovani, come lei, ma tutti maschi e alti, hanno l'aria di quelli che giocano a calcio nel fine settimana. Dove sono gli anziani che dovrebbero lavorare nelle stazioni di polizia locali? E poi, siamo nel ventunesimo secolo: dove sono le altre donne?

Holly ci porta nella stanza dell'interrogatorio, che non è affatto come l'avevo immaginata. Nei film – lo so, lo so, devo smettere di credere a tutto quel che ci propina Hollywood – i commissariati di polizia dovrebbero essere ambienti scuri e tetri e la stanza degli interrogatori nera con un grande specchio a una parete, per chi osserva dalla stanza accanto. Anche i tavoli e le sedie dovrebbero essere neri e magari in metallo. È tutta una tecnica cinematografica di chiaroscuri per ottenere un effetto più drammatico? Devo cercarlo più tardi su Google.

La stanza è piccola, con pareti tinteggiate di un azzurro chiaro e moquette grigio-azzurro. Il tavolo è esattamente identico alle scrivanie che ci sono a scuola e le seggiole sono le stesse che si trovano nelle sale comunali, con la seduta ricoperta in tessuto. Non c'è nessuno specchio alla parete; solo una telecamera nell'angolo in alto. Sono un po' delusa, a essere sincera.

«Sedetevi» dice Holly. Lei sembra molto rilassata e io muoio dalla voglia di sapere cosa sa. Le ha già detto tutto Troy?

Io e Min sediamo sulle seggiole presenti e Holly si accomoda di fronte a noi. Ha davanti una cartelletta beige che sembra vuota e un computer portatile aperto. Inizia a battere sulla tastiera.

«Ti chiedo di dire il tuo nome completo e la data, per la testimonianza.» Holly non mi guarda. Scrive e basta. Lancio un'occhiata a Min e lei allunga la mano a stringere la mia. Mi fa un cenno e io rispondo. Poi Holly mi fa qualche domanda molto normale. Il mio indirizzo. Quanti anni ho e chi è il mio tutore legale. Quale scuola frequento. Quando ci siamo trasferite. Io macino risposte e lei va avanti con le domande.

«Eleanor» dice Holly. «Puoi dirmi com'è che conosci Bren Roberts?»

«Non lo conosco» rispondo sincera e lei mi rivolge uno sguardo severo da sopra il computer. «Cioè, davvero, non lo conosco di persona. Nessuno ci ha mai presentati e non ci siamo mai parlati o nulla del genere. Non esattamente.»

Lei solleva un sopracciglio e io cerco di imitarla. Ma come fanno? Un sopracciglio soltanto. Immagino di avere un'espressione in parte confusa e in parte sorpresa. Cerco di muovere un sopracciglio solo, ma sento che si sollevano entrambi.

Holly ci riprova. «Puoi parlarmi di qualunque tipo di contatto che tu e Bren Roberts avete avuto da quando sei arrivata a Cooinda?»

D'accordo. Domanda totalmente diversa. Le racconto di Morgan's. Poi prendo fiato e le racconto cos'è successo alla Sunny quella sera.

«E adesso parlami di Ethan Griggs.» Holly non ha battuto ciglio mentre parlavo. Ha continuato a scrivere. «Che rapporti hai con lui? E cosa sai di quelli che aveva con Bren?»

Anche se questa domanda me l'aspettavo, sento la rabbia salire dentro. È come se lei avesse già stabilito che Ethan non è buono. Che è della stessa risma di Bren. Stringo i pugni sotto il tavolo e sento che anche Min si irrigidisce accanto a me.

«Cosa vuoi sapere di preciso?»

«Sappiamo che anche lui spacciava. E che è amico di Bren Roberts. Devo solo capire che relazione aveva con Angus...»

Resto seduta a covare la rabbia e poi Min mi sprona a rispondere e sembra un'eruzione.

«Ethan Griggs era l'unico che stava realmente facendo qualcosa» dico quasi urlando. Però io non sono una che urla di solito; mi pento immediatamente di questa esplosione e abbasso la voce. «Non lo volete capire, vero? Lui stava cercando di scoprire chi fosse il responsabile di quello che è accaduto! È lui che ha capito che Bren spacciava, non voi. E mi ha salvato la vita! E quella di Camille. È molto amico di Angus ed è una brava persona! Tutti in questa cittadina arretrata lo giudicano soltanto per la sua famiglia e mi fa schifo che la gente si comporti così!» È solo quando sento il moccio arrivare sul labbro superiore che mi rendo conto che sto piangendo. Mi asciugo le lacrime salate e tiro su col naso.

«Bene.» Holly incrocia le braccia e si appoggia allo schienale. «Questo corrobora la dichiarazione di Ethan Griggs. Grazie, Eleanor.»

La fisso a occhi sgranati. «La dichiarazione? Ma non hai detto che era in ospedale? E che era grave?»

«Lo era. Quando è arrivato. Adesso non lo è.»

Mi appoggio anch'io allo schienale della sedia, esausta. «Mi hai mentito.»

«No che non l'ho fatto» dice, e mi passa un fazzolettino. «Ho omesso delle informazioni.» Fa una pausa. «Seccante, vero?»

Punto per lei. Non ribatto.

29

Non riesco a credere che Min mi faccia andare a scuola dopo una mattinata del genere. Sconvolgente. Almeno mi accompagna e non mi costringe a prendere l'autobus. Però muoio dalla curiosità di sapere se sul bus c'è Troy e ripasso mentalmente l'orario per capire quando riuscirò a incontrarlo oggi. Holly non ha mai tirato in ballo Troy. Sono certa che alcune di quelle cose lei le sapeva già perché gliele ha dette lui. Be', a dire la verità non lo so. Vorrei solo che mi avesse risposto ai messaggi.

«Sei arrabbiata perché ti porto a scuola?» La voce di Min interrompe i pensieri. «O perché sei stata trascinata al commissariato di polizia alle 6:30?»

«Non sono arrabbiata» rispondo. Ma forse lo sono. E sono anche confusa e preoccupata.

«Eleanor.»

«Sono arrabbiata perché mi ha detto una balla. Mi ha fatto credere che Ethan era in ospedale, in fin di vita!»

«Be', in ospedale c'è davvero. Non ti ha mentito. Tutti hanno pensato che fosse più grave quando è entrato.» Min ha telefonato in ospedale dopo che siamo uscite dal commissariato. «E mi hanno confermato che era da solo quando è successo, quindi possiamo supporre che la tua amica Namita stia bene.»

Non ho ancora avuto sue notizie e spero proprio che Min abbia ragione. Ethan ha fatto un incidente, era vero. E c'era un testimone che ha chiamato l'ambulanza. Ethan era privo di conoscenza quando i paramedici l'hanno soccorso.

Min aveva la faccia più seria che le avessi mai visto. «Ha qualche osso rotto e molte contusioni, e molto probabilmente non tornerà a casa per qualche giorno. La situazione è comunque seria, Eleanor. Immagina se fossi stata anche tu su quella moto quando è successo.»

«Non preoccuparti. Ci ho pensato anch'io» ammetto. «Però è strano, Min. Quella moto per lui è come una specie di appendice. Ci è sempre sopra e sa bene quello che fa. Non è un cretino.»

Min scuote la testa. «Anche i piloti più prudenti possono fare incidenti. È per quello che si chiamano incidenti.»

«Vorrei andarlo a trovare, dopo la scuola.» Non le sto chiedendo il permesso.

«Capisco.» Annuisce. «Che ne dici se ti recupero all'ospedale? Chiamami quando hai finito.»

Ora che entro a scuola e raggiungo il mio armadietto, sono in ritardo e tutti sono già in classe. Immagino che non ci sia fretta, e visto che ormai non sono entrata mi prendo il tempo.

Recupero tutto quel che mi serve per le prossime tre lezioni e cerco di scegliere anche un romanzo, in caso mi dovessi annoiare. *Il ritratto di Dorian Gray.* Cosa c'è di meglio per un assurdo martedì mattina se non Oscar Wilde? Chiudo l'anta con un colpo e il rumore echeggia nel corridoio vuoto.

Il silenzio mi fa riflettere.

Non c'è nessuno in giro. Potrei in effetti... cioè, guardare non fa male a nessuno, giusto?

Percorro il corridoio e giro l'angolo. Vedo subito l'armadietto di Angus. Brilla come una luce al neon, che mi invita ad avvicinarmi. Mi guardo intorno nervosa. So che in questo momento sono tutti in classe, ma ho l'impressione di non essere da sola. Mentre passo oltre il laboratorio di scienze bruciato, vicino alla fila di armadietti, la plastica sottile che copre la porta si solleva con lo spostamento d'aria. Il rumore mi fa sobbalzare.

Prima di perdere del tutto la calma, vado verso l'armadietto di Angus. Il nastro adesivo della polizia è attaccato solo per metà e non c'è lucchetto. Se è stato Bren o qualcun altro, questo non lo so. Trattengo il respiro e stacco lo scotch che resta, finché lo sportello si apre. Espiro e mi guardo di nuovo alle spalle. Non c'è nessuno.

Noto l'arcobaleno di raccoglitori. Sono tutti perfettamente allineati, tutti della stessa forma e misura. Il colore e la scritta a pennarello nero sulla costa è l'unica cosa che li distingue. Oltre a quelli ci sono soltanto libri. Niente di personale. Niente cibo o flaconi di deodorante o fogli appallottolati. Ad Angus prenderebbe un colpo se guardasse nel mio armadietto.

Il cuore smette di battere. Il raccoglitore rosso non c'è. Non c'è alcun quaderno di biologia di nessun colore. Chiudo lentamente l'anta e rimango lì, con la testa appoggiata contro il metallo. Chissà quale soluzione magica pensavo di trovare lì dentro. Qualcosa di sicuro.

«Signorina Jones» sento una voce calma e profonda alle spalle. «Posso aiutarla?»

Faccio un salto e batto con la testa contro l'armadietto.

«Mi scusi» dice la voce. «Non volevo spaventarla.»

Mi giro e vedo il professor Carmichael. Indossa il camice bianco da laboratorio e regge una pila di libri.

«Oh!» Mi guardo intorno e cerco di inventare una scusa buona. «Io... in effetti...»

«Dove dovrebbe essere adesso?» Non sembra arrabbiato. In realtà ha un'espressione triste, come se fosse dispiaciuto per me.

«Ehm... Inglese?» suggerisco.

Lui scosta il telo di plastica che copre la porta e molla i libri che stava reggendo.

«Venga» dice. «L'accompagno.»

Annuisco e ci avviamo insieme lungo il corridoio.

Rimaniamo entrambi in silenzio e poi, appena giriamo l'angolo, il professor Carmichael inizia a parlare.

«Eleanor, hai parlato di Angus Marshall con qualcuno?»

«Mi scusi?» chiedo. «Cosa intende?»

«Lo so che sei nuova, ma abbiamo un counselor in questa scuola.»

Il cervello si mette in moto e capisco cosa vuol dire. Ha pensato che fossi triste per Angus quando mi ha vista accanto al suo armadietto. Non presa dallo sconforto per averci frugato dentro inutilmente, come una deficiente.

«Ah!» dico a voce forse un po' troppo alta.

«Non ti sto dicendo che devi andarci. Dico solo che forse varrebbe la pena parlare con qualcuno di come ti senti per tutta questa storia.»

Annuisco seria, cercando di nascondere il mio sollievo per non essere stata scoperta.

«Certo.» Sono d'accordo con lui. «Può essere d'aiuto. Grazie, professor Carmichael.»

«Sembra che tu ci sia rimasta molto male, Eleanor. Credevo avessi detto che tu e Angus non foste amici, sbaglio?»

Comincio ad agitarmi. È quel che ho detto a Carmichael quando me lo aveva chiesto, ma se torno di nuovo sui miei passi, va a finire che mi chiede perché ero vicina al suo armadietto.

«Da quando è successa la cosa, mi sembra di averlo conosciuto di più, da tutti i racconti degli altri. Forse sto male per non aver avuto il tempo di conoscerlo meglio.» Che è anche un po' vero.

Il prof Carmichael ha le labbra tese. Non so se l'ho convinto.

Alla fine annuisce. «Sì, capisco. Ha senso.»

Raggiungiamo la porta dell'aula e, mentre poso la mano sulla maniglia, lui mi dà una pacca sul braccio.

«Sul serio, Eleanor» dice. «Devi pensare a te stessa.»

Mi segue in classe e noto che dice qualcosa all'orecchio della signora Kahn, la professoressa di inglese. Lei mi guarda con espressione addolorata e io la ricambio con la faccia più triste che riesco a fare. E così riuscirò a farla franca e leggere il libro in classe. Grazie, prof Carmichael.

Però avrei voluto ritrovare quel maledetto raccoglitore rosso.

Sto ancora leggendo *Dorian Gray* mentre mi avvicino al mio armadietto durante la prima pausa. «*L'esperienza è il nome che diamo ai nostri errori.*» Mi chiedo se sia vero e se questo significa che quando gli adulti dicono di avere esperienza, significa solo che hanno fatto casino un bel po' di volte. In un certo senso questo pensiero è confortante e angosciante nello stesso tempo.

All'improvviso il libro mi viene strappato di mano e sollevo lo sguardo su Namita. Ha il fiatone, come se avesse corso, ma la faccia non è paonazza e lucida come la mia quando vado di fretta e la sua coda di cavallo è perfettamente in ordine. Però sono contenta di vederla, e sollevata: mi dimentico di essere arrabbiata con lei e l'abbraccio. La sento tesa e mi rendo immediatamente conto che non è una tipa da abbracci. Devo tenerlo a mente. Di solito non lo sono neppure io, ma quando hai paura che una delle tue amiche possa essere morta, o scomparsa o entrambe le cose, le regole vanno a farsi benedire. Poi mi rendo conto che è viva, sta bene e non ha risposto ai miei messaggi e a quel punto la rabbia risale.

Riprendo il libro e la fulmino. «Ma dove sei stata? Perché non hai risposto ai miei messaggi?»

«Quando sono tornata a casa ieri pomeriggio, mamma e papà mi hanno confiscato il telefono. Sono andata fuori di testa. Tu, piuttosto, dove sei finita? Perché non c'eri stamattina? Ho un sacco di cose da dirti.»

«Sì, sì, immagino.» Infilo il libro nella borsa che ho sotto braccio e inizio a comporre il codice per aprire l'armadietto. «In moto con Ethan Griggs dopo scuola ieri? Lo credo che i tuoi si sono arrabbiati.»

«Oh, non ne sanno niente di quello.» Agita un braccio come a scacciare un insetto che la infastidisce. «Sapevano solo che ero in ritardo e non avevo avvisato. Aspetta, e tu come lo sai?»

«Ti ho vista.»

«Cosa? E quando? Come?» Sembra impazzita e in un certo senso mi piace vederla tutta così agitata.

«Rilassati, okay? Ero sull'autobus e vi ho visti che andavate verso la Sunny. Ma non credo che qualcun altro avrebbe potuto capire che eri tu.»

Lei sospira e mi assesta una manata sul braccio. «Non potrei uscire mai più di casa se i miei lo venissero a sapere.»

Sono proprio una cretina. Ci ho messo un sacco a rendermi conto che lei non sa niente. «Il telefono? Non ce l'hai ancora?»

Scuote la testa. «No, perché?»

«Non hai sentito di Ethan?»

Smetto di fare quel che stavo facendo e la aggiorno. Lei rimane di sasso quando le dico dell'incidente. Sembra quasi che non mi stia neppure ad ascoltare, fatta eccezione per le lacrime che ora riempiono gli occhioni castani.

Solleva lo sguardo al soffitto e cerca di ricacciarle indietro.

«Però sta bene?» La voce è un po' roca, ma se non fosse per quello si direbbe che non prova alcuna emozione.

Annuisco. Sono abbastanza spaventata da questo suo malfunzionamento interno e mi aspetto un crollo da un momento all'altro. Per un attimo prendo in considerazione l'idea di abbracciarla di nuovo, ma non sono sicura di quel che potrei provocare, quindi mi limito a prenderle una mano.

«Vieni con me a trovarlo dopo scuola? Che ne dici? Puoi usare il mio telefono per avvisare i tuoi. Non si arrabbieranno mica per una cosa così, no? Min può fare da garante. Le chiederò di usare la sua voce da infermiera responsabile.» Finalmente riesco a sganciare il lucchetto e ad aprire il mio armadietto.

Namita fa un sorrisino triste, sospira ed è come se la conversazione non ci fosse mai stata. «Devo proprio andare a casa a studiare.»

Studiare? Mollo i libri e frugo in cerca di qualcosa da mangiare. Recupero un pacchetto di biscotti della settimana scorsa e richiudo. Che tipa. Manda un sacco di segnali divergenti.

«Non ti capisco, Namita. Ti comporti come se fossi al di sopra di tutti e come se t'importasse solo esclusivamente della scuola. Poi però sei quella che vuole andare alle feste e vai in giro in moto con Ethan. È chiaro che tra voi due c'è qualcosa e non vuoi neppure andare a trovarlo. Che problemi hai?»

Namita sgrana gli occhi e poi si rilassa. Solleva gli angoli della bocca e scuote la testa. «È per questo che mi piaci così tanto, Eleanor Jones. Apprezzo la tua sincerità. È merce rara da queste parti.»

Cerco di non sorridere. Credevo che mi avrebbe dato della maleducata, cosa che di solito la gente fa quando gli dico quello che penso davvero. Sono per la trasparenza.

«Be', a proposito di sincerità» dico. «Dovrei confessarti una cosa.»

«Dimmi.» Sembra nervosa.

«*Franny e Zooey* è di gran lunga l'opera migliore di Salinger. E *Il giovane Holden* non mi piace nemmeno. E penso che Holden Caulfield sia un coglione totale.»

Namita mi fissa per un attimo con un'espressione che è per metà un sorriso e per l'altra metà in attesa che io le dica che è uno scherzo. Quando capisce che sono totalmente sincera, scoppia a ridere. È la prima volta che la vedo ridere. Allunga le braccia e mi stringe. Forse invece è un'abbracciatrice.

«Lo sai che non si deve essere d'accordo su tutto tutto per essere amici, vero?» Si fa indietro e mi guarda.

«Lo so» dico. «Però credo che tu abbia un sistema di valutazione che va oltre "le cose in comune". E sto cercando di capire qual è. Soprattutto se adesso c'è di mezzo anche Ethan. O è solo per la faccia e la moto?»

Namita avvampa. «Gli ho detto che l'avrei aiutato con i compiti di chimica» risponde. «Solo perché, ovviamente, Angus non può aiutarlo al momento.»

Cerco di sollevare un sopracciglio come fa Holly per dire che non credo a una sola parola di quel che sta dicendo. Ma no, non ci riesco. Mi butto sul sarcasmo. «Sì certo, se lo dici tu.»

«Dico sul serio. Lo sto solo aiutando» si giustifica, ma io non me la bevo. Lei fa una smorfia, come se si stesse concentrando molto e poi parla di nuovo. «Quando Ethan mi ha riportata a casa, ieri sera, doveva incontrarsi con Bren. Non credi che...»

«Che Ethan lo abbia ucciso? E che ci sia lui dietro tutta questa vicenda?» Scuoto la testa così forte che sembro uno di quei pupazzetti che si mettono in macchina, ma sento un nodo allo stomaco. Possibile che mi sia sbagliata su Ethan Griggs? E tutti gli altri avevano ragione? «No, non ci posso credere. Lui non è come Bren. Non lo è.»

«Sono d'accordo con te.» Namita tira un sospiro di sollievo. «Ma ci sono un po' troppe coincidenze, non ti pare?»

«Cosa vorresti dire?» le chiedo. Lo so che spero che condivida la mia sensazione di pancia, e so anche che sta fingendo perché è chiaro che lui le piace.

«Voglio dire che, proprio come Angus, anche Ethan si è avvicinato un po' troppo alla verità. Era di questo che ti volevo parlare.»

«Ha trovato qualcosa?»

«Più o meno. Io e lui insieme. Il fatto è questo, Eleanor. Io non credo che quel che dicono di lui sia vero.» Che sollievo. Le mie sensazioni quindi non erano del tutto sbagliate.

«Ho visto Ethan in biblioteca ieri» continua Namita. «Stava lavorando a un compito e volevo ringraziarlo per averci aiutati venerdì sera. Poi ho dato un'occhiata al suo lavoro. È in gamba. Ma in gamba davvero. Non lo sapevo. È bravissimo in scienze. Be', tranne in chimica, che è l'unica materia che gli abbassa la media quasi perfetta. È per quello che Angus lo stava aiutando, ma era un segreto.»

Mi inclino in avanti, incoraggiandola a continuare.

«Ha detto che continuava a ripensare a quelle lettere. Quelle nel messaggio che Angus ti ha mandato. Stava cercando di capire e secondo lui hanno a che fare con la roba che stavano studiando in chimica. Mi ha chiesto di riguardare insieme gli appunti su cui stava lavorando con Angus per capire se c'era qualcosa.»

«E cos'avete trovato?»

«Be', credo che avesse ragione. C'era qualcosa.»

30

«Cosa vuoi dire?»

«Ti spiego.» Namita apre il mio armadietto e fruga nel disordine finché trova il libro di chimica. «Guarda.»

Apre la pagina con la tavola periodica degli elementi e indica quel caos di lettere e numeri.

«Chimica base. Okay?»

«Se lo dici tu.» Non ho ancora capito dove vuole andare a parare.

«Dammi un pezzo di carta e una penna» mi dice.

Strappo un foglio da un quaderno e lei si irrigidisce quando nota che ci sono degli appunti. La ignoro e mi metto alla ricerca di una penna. Trovo un mozzicone di matita e glielo allungo.

Lei scrive C-I-O-H-I-S-N. «Questa è la scritta che ti ha mandato Angus, insieme al contatto di Ethan, giusto?»

Sgrano gli occhi e comincio a mettere insieme i pezzi. «E se il collegamento tra queste due cose – Ethan e le lettere – e Angus fosse la chimica?»

«Esatto!» Namita sembra estasiata al vedere che la seguo. «Quindi lui deve aver pensato che era un indizio che tu avresti capito.»

«C è carbonio, H idrogeno...» inizio. Non vado oltre. Gliel'ho già detto che non sono un genio della chimica.

«Esatto! Ed è quello che stavamo cercando di scoprire. Forse è un qualche tipo di equazione o forse le lettere formano una parola, o... chi lo sa. Però siamo convinti che sia qualcosa.»

Sento un brivido lungo il corpo. «Ha senso. Fantastico!»

Namita è raggiante. «L'ho pensato anch'io. Ma il merito non è mio. È stato Ethan a pensarci. Io gli ho solo dato ragione. Non perché mi piace o chissà cos'altro, solo perché...»

«Ethan! Dobbiamo parlare con lui di quel che è successo ieri notte» dico. «Vieni con me dopo la scuola, sono sicura che anche lui vuole vederti.»

Namita si rabbuia. «Non posso, davvero. I miei mi uccidono se continuo a sparire.» Esita un attimo. «Potrei dirgli che vengo a studiare da te.»

«Namita, digli la verità. Che vai a trovare un amico in ospedale.»

«Tu non capisci, Eleanor. I miei genitori... non sono così tranquilli su certi argomenti come tua madre.»

«E come fai a esserne sicura?» ribatto. «Sei anche più grande di me, hai diciassette anni. Anche se, francamente, per come ti comporti a volte sembra che tu ne abbia trentacinque. Dovranno pure cominciare a fidarsi di te. Però se tu fai le cose di nascosto, rinforzi solo la loro sfiducia.»

«Ma...»

«E inoltre ho come la sensazione che tu sia una negoziatrice bravissima. Perché non metti in pratica la tua abilità con loro?»

Lei esita e poi annuisce. «Va bene, ci provo.»

«Brava ragazza.» Le do un buffetto sul braccio. «A proposito, hai visto Troy in giro?»

«Eleanor, hai visto Troy?»

Sono davanti alla scuola, con tutti che mi sciamano intorno per andare a prendere l'autobus, e aspetto che Namita mi restituisca il telefono. Sta parlando con suo padre. Ha pensato che lui avrebbe apprezzato maggiormente questo suo primo tentativo di onestà rispetto a sua madre, il che, a dirla tutta, mi ha fatto passare la voglia di fare la loro conoscenza.

La faccia di Alfie mi si è parata direttamente davanti, coi ciuffi morbidi di capelli che ondeggiano al vento.

«No» gli rispondo. «È tutto il giorno che faccio la stessa domanda. Dov'è finito?»

«Ho provato a chiamarlo.» Alfie mi fa vedere il telefono, come per dar prova della sua azione, anche se lo schermo è nero. «Niente.»

«E tu dove sei stato?» gli chiedo in tono forse un pelo troppo accusatorio. «Non ti sei fatto vedere nemmeno negli intervalli. Pensavo che foste insieme, visto che non trovavo nessuno dei due.»

«Mamma Mia!» risponde Alfie, come se dovessi sapere cosa intende.

Lo fisso.

«Il musical? Io sono Harry Bright. Volevo essere Sky. Perché Millie interpreta Sophie…»

«Lo spettacolo teatrale di questa scuola sarebbe quindi il musical *Mamma Mia!*, con le canzoni degli ABBA e la donna che è andata a letto con tre ragazzi diversi e quindi non sa chi è il padre di sua figlia? Grande moralità.»

Alfie fa spallucce. «L'anno scorso abbiamo fatto *Grease*. Anche quello è abbastanza problematico quando vai ad analizzare i testi, sai.»

«Non lo sapevo» dico. «Ma adesso che ci penso…»

«Ha detto che posso andare!» La voce di Namita sovrasta la folla. «Ha detto che posso andare!»

«Andare dove?» Alfie gira la testa verso di me e poi verso Namita.

«Hai qualcosa da fare?» gli chiedo.

«Venire con voi due. Dove andiamo?»

Sorrido. «All'ospedale. Dobbiamo aggiornarti su un sacco di cose.» Gli do una gomitata. «Sei sicuro che non devi accompagnare a casa Camille stasera?»

Lui non coglie la mia battuta e scuote la testa. «Ha gli allenamenti di netball. Cosa mi sono perso? Angus si è svegliato?»

Namita alza gli occhi al cielo e si sistema lo zaino. «Andiamo a trovare Ethan. Ha fatto un incidente ieri sera.»

Alfie sgrana gli occhi. «Ethan Griggs? Mando un messaggio a Troy che ci raggiunga.»

Namita butta l'occhio mentre lui sblocca il telefono e inizia a digitare. «Già che ci sei digli anche che Bren Roberts è stato ucciso e che Eleanor ha passato la mattina al commissariato di polizia a rispondere a domande.»

«E me lo dite solo adesso?» Alfie abbassa il telefono e mi guarda, poi guarda Namita e di nuovo me. «Voi due dovete imparare le regole della comunicazione.»

«Dai, sbrigati» gli dico. «Ti aggiorniamo strada facendo.»

31

Nonostante gli sforzi di Alfie per scrivere un messaggio incisivo a Troy, quando arriviamo all'ospedale siamo ancora senza sue notizie. Attraversiamo le porte scorrevoli ed entriamo nella sala d'attesa e il nostro umore cambia radicalmente. Anche Alfie smette di parlare.

«Siamo qui per Ethan Griggs» dico all'infermiera dietro il bancone.

Seguiamo le indicazioni e mi accorgo di essere vicino alla stanza di Ethan quando vedo un poliziotto in divisa nel corridoio. Non so se è uno di quelli che ho visto stamattina presto. Non mi sembra molto attento: non ci chiede niente quando entriamo nella stanza.

La tenda è parzialmente chiusa e mi faccio sentire, giusto per non interrompere qualcosa.

«Ethan? Sono io, Eleanor, con Namita e Alfie Ryan.»

«Ciao» arriva una risposta pacata.

Non so cosa mi aspettavo di vedere, ma rimango sconvolta quando sposto la tenda. Ethan è sdraiato sul letto, con una gamba ingessata leggermente sollevata con una carrucola. Anche il braccio è ingessato, ma la parte peggiore è la faccia. La testa è fasciata, come un raccapricciante incarto su un uovo di Pasqua e le bende sono macchiate di rosso scuro e giallo dalla stessa parte del braccio e della gamba rotti.

«Hai un aspetto orribile» esordisce Alfie sincero.

«Grazie.» Ethan cerca di sorridere, ma deve fargli molto male, perché fa solo una smorfia.

«Che ti è successo?» chiedo io.

«A dire la verità non lo so.» Ethan parla piano, muovendo la bocca il meno possibile. «Ho mandato un messaggio a Bren. Dovevo sapere cosa c'entrava Angus con questa faccenda. Mi ha dato appuntamento alla fine del campo ovale da football, vicino a scuola. Ho lasciato a casa Namita...» la guarda e le rivolge un sorriso complice «e poi sono andato là. Ho aspettato un sacco. Sono anche andato all'altro ovale, in caso mi fossi sbagliato. Ma lui non si è fatto vivo. Ho ripreso la moto e quando ho imboccato la prima discesa mi sono accorto che c'era qualcosa che non andava. I freni non rispondevano bene. Ho cercato di rallentare, ma invece la moto prendeva velocità. L'ho fatta sbandare nel punto meno pericoloso per cadere.» Si guarda la gamba. «Ma devo aver fatto un errore di valutazione.»

«Quindi stai dicendo che hai lasciato la moto all'ovale e poi i freni hanno smesso di funzionare?» Sollevo un sopracciglio. «Questo non è un incidente, Ethan. L'hai detto alla polizia?»

«Sì.» Ethan cerca di spostarsi nel letto, ma non ci riesce. «Ho parlato alla detective di cui mi aveva parlato Troy. È una tipa a posto.»

«E allora perché c'è un poliziotto a guardia fuori della tua stanza? Non ti hanno creduto?» Sento che mi sto arrabbiando di nuovo.

«In realtà credo di dover ringraziare te e Troy. A quanto pare sono preoccupati per me. Quel tipo sta lì per proteggermi.»

«Bella protezione.» Namita incrocia le braccia. «Noi siamo entrati così.»

Mi giro verso di lei. «Sì, in effetti diamo l'idea di essere degli spacciatori assassini.»

«Potremmo.»

«Tyler Linney pensa che tu lo sia.» Alfie mi guarda con un ghigno.

«Quella deficiente di Tyler» bofonchio. «Colpa sua se stamattina Holly è venuta a bussare alla mia porta a quell'ora assurda.»

«Cosa intendi?» chiede Namita.

«Holly ha detto che Bren è stato visto insieme a me, l'ultima volta. E Tyler è l'unica che ci ha visti, quindi è ovvio che è stata lei a fare la spia con qualcuno» spiego.

«Ha senso» dice Alfie.

Mi rivolgo di nuovo verso Ethan. «Cos'ha detto Holly di Troy? Nessuno sa dove sia.»

«Mi ha detto solo che ha cercato di parlargli ieri, ma lui non sapeva niente, a parte che io non ero nel giro della droga come Bren. E che stavo cercando di aiutare

Angus. Mi ha detto che anche tu hai confermato la stessa cosa. Grazie, Eleanor. Credo che mai nessuno prima si sia esposto per difendermi.»

Mi sento avvampare e non so come prendere il complimento. «Sono contenta che tu non sia morto.»

Ethan lascia andare una specie di risata, seguita da un «oh».

«Ne sono contento anch'io. Mi spiace solo che non sono riuscito a scoprire niente. Avrei dovuto insistere con Bren quando ne avevo la possibilità.»

Rimango lì in silenzio a ripercorrere gli eventi mentre Namita chiede a Ethan della gravità delle ferite.

«Ti ha detto quando pensano che Bren sia stato ucciso?» Interrompo la conversazione mentre Ethan parla del rumore del corpo che colpisce l'asfalto. «E dove? Ti ha detto dove è successo?»

«Credo che sia l'altra cosa che ha contribuito a tirarmi fuori dai guai. È successo dalla parte opposta del terreno della scuola e più o meno all'ora in cui mi ha mandato il messaggio. L'incidente li ha aiutati a dar credito alla mia versione dei fatti.»

«Sei fortunato a essere vivo.» Namita ha gli occhi lucidi e gli sfiora un dito.

Sento del trambusto fuori dalla porta e mi giro.

La tenda si sposta e da dietro compare un viso familiare.

«Bene, siete tutti qui.»

«Troy!» Alfie sembra felicissimo. «Dove sei stato tutto il giorno?»

«A caccia» dice Troy raggiante. «E l'ho trovato.»

«Cosa?» Non so se ho più voglia di abbracciarlo o di mollargli uno schiaffo, ma sono sollevata di vederlo.

Lui infila la mano nello zaino e tira fuori un raccoglitore rosso. Lo gira di lato e leggo la grafia perfetta di Angus. *Biologia.*

Ha trovato il raccoglitore mancante.

32

Sapevo che non era tutta una mia invenzione!

«Avevi ragione, Eleanor! Era questo che voleva Bren da Ethan. E deve essere la stessa cosa che cercava anche l'altro uomo che hai sentito parlare con lui. È pieno di appunti di chimica, ma io non ci capisco niente.» Troy si rivolge a Ethan e a Namita e fa ondeggiare il quaderno. «Spero tu non abbia problemi, Ethan.»

Ethan fa spallucce mentre Namita allunga la mano verso il raccoglitore.

Si siede sulla poltrona accanto al letto e Alfie si appollaia sul bracciolo accanto a lei. Lei lo guarda e mi aspetto che gli dica di spostarsi, invece si sistema sul sedile e apre il quaderno, ignorando Alfie.

«Dove ti sei cacciato?» dico a Troy. «È da ieri che cerchiamo di metterci in contatto con te.»

«Lo so.» Troy molla a terra la borsa e si lascia cadere lì accanto. «Sono stato impegnato.»

«Ma non mi dire!»

«Holly è venuta a scuola ieri. Non era contenta di me. Di noi.»

Attraverso la stanza e mi siedo per terra vicino a lui. Il mio intero corpo sembra respirare più facilmente. Sono sollevata che mi stia dicendo la verità.

«Stavano seguendo Bren. La polizia intendo.» Troy fa un cenno verso il letto. «E anche Ethan, che però li ha seminati.»

«Puoi giurarci» ribatte Ethan dal letto, prima di riportare l'attenzione sul raccoglitore. «Avremmo già saputo con chi avevamo a che fare, se non fossi stato così abile. Avrebbero potuto vedere chi ha armeggiato sulla mia moto.»

«Ci hanno visti quando abbiamo incontrato Ethan da Morgan's.» Troy fa una smorfia sghemba che gli prende tutta la faccia. «Holly era abbastanza incazzata che non sono andato da lei, e così è venuta lei da me. Ho cercato di dirle il meno possibile, ma non se l'è bevuta. Poi mi ha chiesto di Paul.»

«Il padre di Angus?»

«Ha incassato del denaro, di recente.» Troy aggrotta le sopracciglia. «È nella lista dei sospettati.»

«Ma tu lo conosci» gli dico. «Non penserai che farebbe una cosa del genere a suo figlio? Il suo unico figlio.» Mentre dico quelle parole ripenso a Min che mi dice dell'ustione sul braccio di Angus. E di come a volte le persone che compiono maltrattamenti sembrano molto amorevoli e stanno sempre vicino alla vittima per evitare che parli. «Credi che lo farebbe?»

Min voleva che io scoprissi che tipo di persona è il

padre. Ero così concentrata su Bren da perdermi qualcosa di davvero così importante?

«Onestamente no. Non credo che lo farebbe e l'ho detto a Holly.»

Però noto che si trattiene. «Ma?»

«Ma se fosse stato lui? E se fosse coinvolto nella faccenda e gli altri se la fossero presa con Angus?»

«E come hai fatto a trovare il raccoglitore?» Sono impaziente.

«Sono venuto qui all'ospedale, ieri sera quando Holly ha finalmente smesso di sgridarmi per aver interferito con le indagini della polizia. Sono venuto a trovare Angus e ho parlato un po' con Paul. Mi ha raccontato che va a casa tutte le mattine, per controllare la posta, farsi una doccia e mangiare qualcosa e poi torna direttamente in ospedale.»

«Va bene...»

«Stamattina, invece di venire a scuola, sono andato a casa dei Marshall.»

Alfie gli lancia un'occhiata attraverso la stanza. «Hai fatto irruzione?»

Troy solleva le spalle. «Tecnicamente no. Nascondono ancora la chiave nello stesso posto.»

Io non dico nulla, ma non mi sembra la classica misura di sicurezza che un signore della droga adotterebbe.

«Ci ha messo una vita, e io come un cretino nascosto tra i cespugli. E comunque ho dovuto spegnere il telefono perché non smetteva più di squillare.» Troy guarda Alfie, che a sua volta distoglie lo sguardo con espressione colpevole.

«Quando finalmente se ne è andato, io sono entrato e ho cominciato a cercare il raccoglitore. Ci ho messo un bel po' e alla fine l'ho trovato perché mi è tornato in mente uno dei vecchi nascondigli di Angus.» Troy fa una pausa e io ho ancora una volta la sensazione che stia omettendo qualcosa.

«Hai trovato anche dell'altro?» lo esorto.

Lui annuisce. «Ho anche guardato tra le cose di Paul. Per vedere se c'era qualcosa di strano. Ho trovato un estratto conto della banca. Holly non stava scherzando. Nel conto è entrata una grossa somma di denaro qualche settimana fa. Un sacco, davvero.»

Alfie arriccia il naso lentigginoso. «Potrebbe essere qualunque cosa, però. Magari un'eredità? O forse una vincita? La polizia può controllare, vero?»

«Immagino di sì» dice Troy. «Ma credo che ci voglia del tempo per farlo legalmente. Da quell'estratto conto non si capiva, ma a dire la verità non sapevo neppure cosa cercare.»

«Oh mioddio!» Namita urla e molla il raccoglitore sulla pancia di Ethan, il quale si lamenta per il dolore. «Alfred» ordina lei, «dammi il tuo telefono.»

Alfie lo sblocca e glielo passa obbediente. Lei digita, fa scorrere e digita ancora e impreca sotto voce prima di riconsegnarglielo. Allunga una mano e fruga nella borsa di scuola per recuperare una penna e il mio foglietto di carta su cui aveva scritto prima.

«Eleanor, vieni qui» mi dice.

Io e Troy ci tiriamo in piedi e ci avviciniamo a lei che è ancora seduta. Da sopra le sue spalle noto che ha ricopiato il messaggio che mi aveva inviato Angus.

C-I-O-H-I-S-N

«Ethan, eri sulla strada giusta» dice mentre inizia a scrivere ancora. «Solo che abbiamo dato per scontato che fossero tutte lettere dell'alfabeto» spiega. «Avevo addirittura pensato di chiedere ad Alfie di controllare con suo padre se poteva trattarsi di una parola gaelica.»

Alfie annuisce. «Ci somiglia.»

Subito sotto scrive C-1-0-H-1-5-N.

Osservo la somiglianza tra le due righe.

Namita mi guarda e indica quella sotto. «Lo sai cosa rappresenta questa formula chimica?»

Scuoto la testa.

Ci guarda tutti e poi torna a sedersi sulla poltrona. «Metanfetamina.»

«Cosa?» Mi sembra che quella di Namita sia una grande rivelazione, tuttavia non abbiamo niente di più di prima. «E quindi cosa significa? Che Angus fa parte di tutto il traffico di droga? Che lavorava con Bren?»

«Oppure che c'era di mezzo suo padre e Angus l'ha scoperto» dice Troy con un velo di tristezza.

Namita sospira. «Non lo so.»

«Okay.» Sto cercando di pensare logicamente. «Cosa sappiamo? Sappiamo che Bren aveva a che fare con qualche tipo di metanfetamina. Sappiamo che Angus voleva che io sapessi della droga e voleva che contattassi Ethan. Ma perché?»

Mi rivolgo a Ethan che è rimasto in silenzio a sfogliare le pagine del raccoglitore mentre parlavamo.

«Sappiamo che Angus aveva qualcosa a che fare con la produzione» dice con calma.

«Cosa?» mi metto a ridere, ma il suono che ne viene fuori somiglia più a un grugnito. «Mi stai prendendo in giro?»

Non posso immaginare che quel ragazzo timido e introverso sia al centro di un colossale giro di droga.

Ethan indica un foglio del raccoglitore. «È tutto qui. Le formule, il processo. È chiaro perché Bren lo stava cercando.»

Ripassa il raccoglitore a Namita e rimaniamo tutti in silenzio mentre lei studia le pagine.

Dopo qualche momento, solleva lo sguardo. «Cioè, non è che possiamo esserne del tutto certi, però sembra proprio che sia così.»

Alfie ha un'espressione confusa. «Quindi… se Bren ha accoltellato Angus, e forse anche quegli altri tizi… allora chi ha ucciso Bren?»

Mi stavo chiedendo la stessa identica cosa. «E perché mai Bren avrebbe dovuto uccidere Angus se lui era la gallina dalle uova d'oro? Non ha senso.»

«E cosa dovremmo farcene di tutte queste cose?» L'eccitazione di Troy è completamente svanita. È come se avessimo trovato il bandolo di una cosa enorme, ma di fatto abbiamo contribuito a far sembrare Angus più colpevole di chiunque altro. «E cosa dovremmo dire a Holly?»

Faccio spallucce. «Quel che abbiamo trovato, immagino. Forse per lei ha senso.»

Troy sembra perplesso, ma annuisce. «Poi la chiamo.»

Namita continua a far scorrere le pagine. «Non chiamarla subito, Troy. Non è l'unica formula. C'è dell'altra roba importante qui dentro. Però è diversa e ho bisogno di un po' di tempo per capirci qualcosa.»

«Eleanor?» Alfie interrompe i miei pensieri. «Come faceva la polizia a sapere che tu eri l'ultima persona che Bren ha incontrato? A chi l'ha detto Tyler?»

«Tyler? Cosa c'entra Tyler con questa storia?» borbotta Namita rivolta a nessuno in particolare mentre continua a leggere. «Sembra che sia sempre dove c'è Bren.»

Apro la bocca per dire che tra geni ci si intende, perché è esattamente lo stesso pensiero che mi frullava per la testa, quando la faccia di Min fa capolino tra le tende. Non avevo neppure sentito la porta aprirsi.

«Ciao» dice con un sorriso. «A quanto pare siete tutti qui.»

Troy e Alfie si alzano in piedi e si guardano intorno, con un fare un po' sospetto. Io sospiro. Leccaculo.

Namita si alza e va verso Min, con la mano protesa.

«Non ci siamo ancora conosciute» dice. «Sono l'amica di Eleanor, Namita Chandra. Piacere.»

Min è presa alla sprovvista dalla formalità, ma recupera in fretta e stringe la mano a Namita. Io prendo nota: forse dovrei essere un po' più educata quando incontro i genitori degli altri.

«Come ti senti, Ethan?» chiede Min.

Ethan risponde agitando appena il braccio buono e cerca di sorridere. «Sono vivo.»

«Sei fortunato, a quanto pare» dice Min accigliata.

«Molto» concorda e a me dispiace per lui. Gli toccheranno conversazioni idiote di questo tipo per mesi.

«Hai avuto una giornata piuttosto lunga, Eleanor. Andiamo a casa, d'accordo?»

In realtà vorrei restare a rimuginare sulle varie teorie e vedere se Ethan e Namita riescono a scoprire quali altri segreti contiene il raccoglitore, ma dall'espressione di Min intuisco che non è possibile.

Sospiro e recupero la mia borsa di scuola.

«Ci vediamo domani?» dico speranzosa. «E fatemi sapere se qualcuno ha notizie anche prima. Per favore.»

Annuiscono tutti e io lascio la stanza al seguito di Min. Quando arriviamo all'uscita e nel parcheggio, mi guardo alle spalle, verso l'edificio, e gli occhi si posano sulla zona dove si trova la stanza di Angus. Il suo corpo immobile in un letto, circondato da macchinari. E noi continuiamo a scoprire i suoi segreti, ma tutto quel che ci restituiscono sono solo altri segreti.

33

Appena saliamo in auto comincio ad aprire e chiudere cose. Il vano portaoggetti, i cassetti. Cerco nella tasca della portiera del passeggero e tiro fuori carte di caramelle, scontrini, fazzolettini.

«Che stai facendo?» chiede Min.

«La batteria del telefono è quasi a zero. Dov'è il cavetto?»

«Non funzionava più. L'ho buttato.»

Sbuffo innervosita e Min alza gli occhi al cielo.

«Rilassati, ne comprerò un altro, se me ne ricordo. Fra un attimo siamo a casa. Lo ricarichi lì. Non puoi stare neanche cinque minuti senza controllare il telefono?»

Mi fermo, seccata. La batteria è all'uno per cento. Se qualcuno scoprisse qualcosa nel frattempo, mi perderei tutto. Lo so che Min pensa solo che io sia un'adolescente ossessionata dalla tecnologia, ma adesso non mi va di puntualizzare.

«Sono contenta che ti sia trovata degli amici, Len»

dice mentre viaggiamo e il silenzio tra noi le diventa insopportabile. «Anche se le circostanze non mi sembrano ideali.»

«Anch'io» asserisco. Mi metto a pensare a Troy, Namita, Alfie, Ethan. Anche Camille. «Sono le persone più strane che io abbia mai conosciuto, e allo stesso tempo le più normali. Ha senso?»

Min ride. «No, per niente. Però, adesso che lo dici, potrei affermare altrettanto di te.»

«E io di te.» Sorrido.

«Forse è perché sono tutti autentici?»

«Può essere.» Mi piace questa ipotesi.

Voglio pensare che anche Angus sia uno di noi e che anche lui sia mio amico, ma riferisco a Min quel che abbiamo scoperto.

«Hai ancora delle perplessità sul padre?» le chiedo.

Min picchietta sul volante con le unghie arancio fluo. Sta pensando. «A dire la verità Paul mi dà vibrazioni positive...» inizia. Vorrei alzare gli occhi al cielo, ma poi mi ricordo che anche io recentemente ho usato un'argomentazione del genere con Troy. «Ama suo figlio. Questo è certo. Quell'ustione però...»

«Lo vedi?» sospiro. «Non ha senso.»

«Non puoi fare nient'altro per oggi, Len. Con una bella notte di sonno magari le risposte arriveranno, che ne dici?»

Rimaniamo in silenzio per il resto del viaggio. Ma è un bel silenzio. Mentre ci avviciniamo a casa osservo il paesaggio giallo e marrone che scorre e mi chiedo se da queste parti sia mai verde. A parte a casa di Troy, non ne ho visto molto di verde in giro. Forse in inverno. Poi mi chiedo se in inverno io e Min saremo ancora qui. Lo spero.

Quando lasciamo la strada principale per svoltare nella nostra via, Min impreca. L'ha presa larga – di solito non c'è mai nessuno nell'altro senso di marcia – e ha evitato per un pelo una berlina bianca che arrivava dall'altra parte.

«Cavolo» dice, anche se sono sicura che vorrebbe dire qualcosa di peggio. Sta controllando il panico. «Gli abbiamo fatto il pelo.»

Non sono abituata a vederla agitata. Mi rendo conto di essere grata per lei, per come è e per come mi ha lasciata libera di essere chi sono.

«Ti voglio bene» le dico.

Lei mi guarda, ancora aggrappata al volante. Osserva la strada e poi di nuovo me. Si ammorbidisce. «Ti voglio bene anch'io, Eleanor Jones.»

Entra nel vialetto, accosta e mette in folle. Ma la sua espressione cambia di nuovo mentre io apro la portiera per scendere.

«Merda» dice. Ecco, così è più lei.

«Che succede?»

«Mi sono dimenticata di passare dal supermercato. Abbiamo bisogno di uova e patate.» Arriccia il naso. «E caffè. Decisamente.»

Io ho un piede fuori della portiera e il telefono in mano. Lo guardo.

«Va bene, tu vai dentro» dice. «Io torno in città a prendere quel che ci serve.»

«Sei sicura? Posso venire con te, se vuoi.» Ma non dico sul serio.

Lei alza la mano. «Non importa. Ho già preso dell'arrosto per cena.» Mi brontola la pancia al pensiero. «Puoi tirarlo fuori e scaldarlo? Sarebbe utile.»

Entro, vado in cucina e metto il telefono in carica, poi tiro fuori l'arrosto dal frigo e inizio a cercare un vassoio negli armadietti.

Sono sul punto di rinunciare per mettermi a cercare negli scatoloni in salotto, quando suona il campanello. È strano. Chi può essere che viene a trovarci? Forse è Min che si è dimenticata qualcosa e non ha la chiave. Guardo il vialetto dalla finestra della cucina. La macchina non c'è. Dall'altra parte della strada, vicino al parco giochi, c'è una berlina bianca. È la stessa macchina che per un pelo non abbiamo centrato qualche minuto fa? Forse l'autista è arrabbiato ed è venuto a lamentarsi.

Mi avvicino alla porta d'ingresso esitante. No. Non poteva sapere che abitiamo qui e poi l'auto di Min non c'è. Forse è qualcuno che si è perso. Apro la porta e riconosco subito la persona che ho davanti, anche senza il camice.

«Professor Carmichael!» Non nascondo la mia sorpresa.

«Ah, Eleanor.» Sembra sorpreso quasi quanto me. «Mi spiace disturbarti.»

«Nessun disturbo» dico, ma penso anche che sia strano che il mio insegnante di chimica si presenti alla porta.

«Ero un po' preoccupato per te, dopo oggi. Volevo solo controllare.»

«Ah!» Probabilmente continua a pensare che io sia angosciata per Angus. Apro la porta.

«Pensavo che forse volevi parlarne. Angus Marshall è uno dei miei alunni più brillanti. Lo conosco bene.»

Lo guardo in faccia e mi pare molto più triste di me per Angus. Il pensiero che si preoccupi anche per me mi fa star male.

«Vuole entrare?» propongo. «Vuole una tazza di tè? Mia mamma è uscita ma tornerà a minuti.»

«Grazie, Eleanor, mi farebbe piacere fare quattro chiacchiere.»

Carmichael mi segue lungo il corridoio e in cucina e io mi ritrovo a spiegargli tutto del trasloco e degli scatoloni e del trasloco precedente a questo. Lo so che sto parlando a ruota libera, ma non riesco a trattenermi.

«Le offrirei anche un caffè» gli dico mentre riempio il bollitore, «però non ho davvero idea di come farlo. Il tè invece lo so preparare.»

«Il tè va bene» risponde.

Si siede e io accendo il bollitore. Poi lui parla di nuovo. «Lo so che sei nuova, ma mi è parso di capire che tu e Angus vi siete messi insieme per un progetto di biologia.»

«Sì» rispondo mentre prendo due tazze dal mobiletto vicino al lavandino. «Non mi ero resa conto che era una cosa strana finché, be', non è successo quel che è successo.»

«Angus è molto schivo e introverso» dice il professor Carmichael. «Devi aver fatto colpo su di lui. Avete parlato molto?»

«No, non molto» dico sinceramente.

«Non ti ha parlato della sua vita? Di quel che stava succedendo? Dei progetti che stava facendo in altre materie?»

Non capisco cosa voglia sapere Carmichael.

«No, solo biologia» rispondo.

«Ti ha per caso dato degli appunti di inglese o di chimica?»

Sono confusa e scuoto la testa per dire di no. È preoccupato che io possa aver copiato o cose del genere? Ma io non sono una che imbroglia. Forse ha capito che sono una nullità in chimica e pensa che Angus mi abbia passato delle risposte.

Perché gli dovrebbe importare così tanto di cosa fa Angus con i suoi appunti di chimica? I miei sensi si stanno attivando, ma non dicono niente di buono. Cavolo, Eleanor. Riesci a far lavorare il cervello più lentamente? A nessuno possono interessare dei normali appunti di chimica, ma degli appunti segreti e nascosti, quelli sì.

Il bollitore fischia e io guardo di nuovo fuori dalla finestra. Una berlina bianca. Ethan non aveva detto che all'appuntamento con Bren quel giorno alla Sunny c'era una berlina bianca? Metto una bustina di tè in ciascuna tazza e resto a fissare il vapore che sale dal beccuccio. Mi fa pensare all'ustione di Angus sul braccio, che a sua volta mi fa pensare all'incendio nel laboratorio di chimica a scuola. Il cuore comincia a battere un po' più forte.

Mi sento a disagio mentre vado verso il frigorifero

per prendere il latte. Il professor Carmichael è seduto al tavolo della cucina e il ginocchio batte ritmico contro il legno. Si accorge che lo sto guardando e ci appoggia una mano sopra. Gli sorrido e porto il latte vicino alle tazze.

«Quindi» dico, cercando di sviare la conversazione dagli appunti mentre muovo su e giù la bustina di tè nelle tazze. «È abbastanza sconvolgente la cosa di quel tipo, Bren Roberts. Un morto nel terreno della scuola... addirittura.»

Alle mie spalle il professore sogghigna. «Bren Roberts è un ex alunno. Non un granché, quello. Un deficiente totale. Sempre strafatto.»

Sento un brivido lungo tutto il corpo. Riconosco la voce. E quelle parole. «Deficiente», «strafatto». Il tizio alla Sunny. Adesso ho capito chi era.

Il telefono vibra sulla panca e lo guardo mentre butto le bustine nel lavandino. Un messaggio di Alfie. Devo assolutamente sapere cosa dice.

«Mi scusi» dico a Carmichael. «Devo leggere.»

Stacco il telefono e mi accorgo che è ancora all'uno per cento. Forse il caricatore non era attaccato alla corrente. Apro i messaggi per vedere cos'ha scritto Alfie.

> Ho chiesto a Millie di scoprire a chi lo ha detto Tyler.
> Era Carmichael. È stato l'unico insegnante che ha trovato. Deve aver detto di te alla polizia.

Metto il telefono in tasca e deglutisco. Ma dai, Eleanor. È un professore delle superiori. Questo non è mica *Brea-*

king Bad. Gli insegnanti sono persone normali e carine. Non è assolutamente possibile che il professor Carmichael sia dietro a tutto questo. Ovvio. Non può aver accoltellato Angus.

«Professor Carmichael» dico cercando di allontanarmi da lui, cosa tecnicamente impossibile, date le dimensioni della cucina. «Namita mi ha detto che c'è stato un incendio nel laboratorio di chimica durante le vacanze. Fa paura. Lei dov'era quando è successo?»

Lui mi guarda un attimo e stringe gli occhioni da opossum. «Sì» dice. «Una cosa davvero sconvolgente. Tutte quelle attrezzature. Tutto quel lavoro. Però a volte gli incidenti capitano ed è andata bene che nessuno si sia fatto male.»

«È stato davvero fortunato.»

Una ciocca di capelli gli ricade sulla faccia e la sposta. Sembra irritato. «Ho lasciato la stanza solo un attimo. Non lo si dovrebbe mai fare quando si fanno degli esperimenti in laboratorio.»

«Ma c'erano anche degli studenti?» chiedo con aria innocente.

È tranquillo e quando sollevo lo sguardo noto che il ginocchio si è fermato. «È stato durante le vacanze. Niente studenti.»

Ripenso all'ustione di Angus sul braccio.

«Sì, ovvio. Zucchero?»

«Sì, grazie.»

Aggiungo un cucchiaino e allungo la tazza bollente sul tavolo. Mentre la spingo verso di lui nel tentativo di mantenermi a distanza quanto meno di un braccio, le dita tremano e spero che lui non se ne accorga.

«Può scusarmi un attimo?» dico cercando di assumere un tono leggero, perché non si senta il tremore. «Devo andare in bagno, solo un secondo.»

Cerco di non andare di corsa, ma appena sono in bagno chiudo la porta a chiave. Il cuore batte fortissimo. Non c'è dubbio: è il professor Carmichael l'uomo che era alla Sunny con Bren. Lo stesso uomo che ha fatto saltare il laboratorio con Angus dentro, ne sono sicura.

Il che significa che c'è un assassino nella mia cucina. Con dei coltelli. Fra poco Min arriverà a casa. E se le fa del male? Se ci uccide entrambe?

Sblocco il telefono e apro la chat di gruppo che Alfie ha creato prima della festa di venerdì.

Prof C qui. È stato lui.

Premo invio.

Mandate aiuto.

Invio anche questo. Però non posso restare qui. Questa casa è vecchia e scassata. Sarei capace anch'io di buttare giù la porta del bagno. Guardo la finestrella col vetro smerigliato sopra il gabinetto. Ci passo senza problemi. E poi? Dove posso andare anche se esco da lì? Certamente non dal vicino inquietante con le auto nel giardino.

Da Troy. Fuori c'è ancora luce. Forse potrei farcela ad arrivare fino a casa sua.

Abbasso la tavoletta del water e ci monto sopra. Si deforma sotto il peso e spero che non si rompa e io non mi ritrovi con un piede nel cesso. Apro la finestra che fa un rumore sordo scorrendo sul telaio incrostato di polvere.

Mi fermo. Sento il rumore della sedia che si sposta in cucina e poi dei passi.

Colpi alla porta.

«Signorina Jones? Eleanor? Tutto bene?»

Esito prima di rispondere. «Sì, sì, sto bene.»

Devo uscire da qui. Prendo il telefono.

Casa sull'albero.

Lo invio. Non ha senso. Alfie capirà che intendo la casa sull'albero di Troy? Devo mandare un messaggio anche a Min. Inizio a digitare ma il telefono si blocca. Un circoletto inizia a girare sullo schermo, che diventa scuro. Merda. Sarà partito l'altro messaggio? Perché non c'è un caricabatteria in bagno? Se domani sono ancora viva, dirò a Min di comprarne uno per la macchina e anche uno per il bagno.

Il prof Carmichael bussa ancora alla porta. «Eleanor, puoi uscire per favore? Penso di doverti spiegare cosa sta succedendo.»

«Solo un attimo!» cantileno. Mi isso sulla finestra aggrappandomi al telaio e mi sporgo fuori. Ora la testa è fuori, ma le gambe ancora dentro. Mi do la spinta con una gamba, cercando di non sbattere l'altra contro la parete.

Lascio scendere la gamba in alto all'esterno e poi sollevo quella rimasta dentro. Sta andando bene. Mi do un'ultima spinta e atterro sull'erba; mi rendo conto che il rumore dei sassi sotto i piedi è piuttosto forte. Prendo fiato, maledico la mia inettitudine atletica e inizio a correre.

34

Sono arrivata solo al giardino davanti quando sento che i colpi alla porta del bagno si fanno sempre più forti. Sono nel parco giochi dall'altra parte della strada quando sento rumore di legno che si spacca. Sobbalzo. Ha buttato giù la porta.

Sento il grugnito furioso di lui che mi chiama ed è sufficiente per spronarmi a correre. C'è una recinzione di rete metallica con un cancellino arrugginito che separa il parco giochi dalla boscaglia. Lo spingo a fatica sul terreno tra le foglie ammassate. Presa dal panico mi schiaccio per passare attraverso l'apertura che ho creato ma l'orlo dell'uniforme s'impiglia. Cerco di liberarmi ma le mani tremano troppo e non riesco a sganciare la stoffa. La strappo e mi guardo alle spalle, nella speranza che lui non stia già arrivando. Guardo nell'oscurità del bush dove i verdi e i marroni mi appaiono ingannevolmente rilassanti. Il profumo dell'eucalipto è quasi invitante.

Non posso più tornare indietro ormai. Mi muovo

più svelta che posso tra gli sterpi e i cespugli che mi graffiano le caviglie e le gambe e corro.

Quando sento sbattere con forza la porta d'ingresso, ormai ho perso di vista il parco giochi. Spero di avere un vantaggio sufficiente e che non riesca a prendermi. Ma non sono sicura. È un uomo e sembra anche abbastanza energico. Potrebbe essere uno di quegli sciroccati che fanno le maratone per divertimento e in quel caso sarei in guai seri.

Perdo l'equilibrio tra gli sterpi e inciampo. Il ginocchio destro batte al suolo e appoggio le mani giusto in tempo per evitare di finire faccia a terra. Rabbrividisco. Mi strofino le mani sull'uniforme per togliere i sassolini che si sono piantati sui palmi e riprendo a correre.

«Eleanor!» sento la voce di Carmichael risuonare tra gli alberi. «Fermati! Perché scappi?»

Secondo te perché? Mi viene quasi da ridere, ma mi trattengo perché in realtà temo di mettermi a piangere. Hai appena abbattuto la porta del bagno e adesso mi stai inseguendo!

Sento una fitta forte, proprio sotto le costole. Smetto di correre e passo a una camminata veloce. Zoppico per via della caduta, ma mi aiuto con l'oscillazione dei gomiti. Il cervello mi spinge ad andare avanti, ma il corpo urla di fermarmi.

«Eleanor! Fermati!»

No. Neanche per idea. Se mi prende qui in mezzo al nulla, per me è finita. Cerco di concentrarmi per ricordare le indicazioni chi mi aveva dato Alfie sabato per raggiungere casa di Troy. Dai, Eleanor. Imploro il mio cervello. Sono passati pochissimi giorni. Devo arrivare all'albero col tronco cavo e girare a sinistra. E mi ricordo anche che l'albero compare più tardi di quanto si pensi. Ma non stavolta. Eccolo già lì. Il tronco che sembra quasi bianco nella luce del tramonto. Ma è l'albero giusto?

Vado per tentativi.

Mi fermo e mi ci appoggio contro. Chiudo gli occhi e cerco di calmare il respiro. Resto in ascolto. In lontananza sento il fruscio dei passi di Carmichael. Tutto intorno il canto delle cicale che con le zampette producono il loro suono. Sento anche le chiacchiere dei cacatua. Sollevo lo sguardo e ne vedo un intero stormo sull'albero alla mia destra.

Ho un'idea.

Raccolgo un sasso abbastanza grosso e maledico le formiche giganti che mi pizzicano la mano. Le scaccio via e soppeso la pietra in mano. Poi la scaglio con tutta la forza verso l'albero alla mia destra. La pietra colpisce un ramo e disturba il canto degli uccelli. Con un coro di strida si alzano in volo come una squadra giallorossa.

Corro in direzione opposta e spero dal profondo del cuore che lui pensi che mi sono persa e sto correndo nella direzione sbagliata. Ho il cuore che scoppia quando finalmente emergo oltre la boscaglia. Poco più avanti vedo il ruscello, il ponte, la staccionata di legno bianca.

Ce l'ho quasi fatta, ma correre mi fa male. Conto i grandi alberi che ho davanti e cerco di capire se posso correre tra l'uno e l'altro nascondendomi. Le gambe pesano e bruciano. Non sono abituata a tutta quest'attività fisica. Mi riprometto che, quando tutta questa storia sarà finita, mi allenerò a correre e raggiungerò una forma fisica perfetta, ma so che è un'enorme bugia. Penso piuttosto che non riuscirò nemmeno più a deambulare. Figuriamoci correre.

Dai, Eleanor.

Avverto il battito del cuore impazzito nelle orecchie. Il respiro è così forte che non riesco neppure a sentire i movimenti di Carmichael e la cosa fa aumentare il panico. Non so nemmeno se mi sta seguendo e quanto possa essere vicino. Corro verso il primo albero sul lato della strada. È vecchio e abbastanza grande da potercisi nascondere dietro. Lungo tutto il perimetro si scollano grossi lembi di corteccia e non riesco ad avvicinarmi abbastanza da sentirmi al sicuro. Ignoro i graffi alle gambe e mi muovo il più rasente possibile. Cerco di riprendere fiato, ma tremo e non riesco a riempire del tutto i polmoni. La cosa mi spaventa e mi accovaccio, con la testa tra le ginocchia finché non recupero un ritmo regolare. Finché non riesco di nuovo a sentire.

Prendo il coraggio di sporgermi da dietro il tronco per vedere. Non c'è nessuno.

Un corvo solitario gracchia e zampetta in lontananza. La strada è silenziosa e non avverto movimenti al limitare del bosco. Conto fino a tre e riprendo la corsa. Un altro albero, ma questo non è altrettanto vecchio e grande. Non posso fermarmi qui. Troppo allo scoperto. Corro ancora e non appena raggiungo il prato del giardino anteriore di Troy mi lascio cadere a terra esausta. Guardo di nuovo indietro per vedere se scorgo qualcuno. Carmichael sbuca dalla boscaglia.

Corro sulla veranda e busso con forza alla porta. Però so già che non c'è nessuno. È tutto silenzioso e immobile. E io sono completamente sola. Giro intorno alla casa e quando sono sul retro vado dritta verso l'albero di pepe rosa. Già da lontano vedo la corda che scende e capisco che la botola è aperta. Quasi mi metto a piangere per il sollievo.

Raggiungo l'albero e afferro la corda. Però sopra adesso non c'è Troy ad aiutarmi e devo fare da sola. Ci sono dei grossi nodi lungo la fune a cui aggrapparsi e su cui posare i piedi, ma le mani sono sudate e scivolose e non riesco a fare presa. Il corpo è così stanco che non riesco a saltare e arrivare coi piedi al nodo più basso. Ci provo di nuovo e scivolo. Le guance sono umide e il naso cola. Mi accorgo che sto piangendo, in parte per la paura e in parte per la frustrazione.

Riprovo.

Salto, in un tentativo piuttosto patetico, ma sufficiente. Afferro il nodo più alto con entrambe le mani e, come una scimmietta stringo il nodo inferiore coi piedi. Spingo con le gambe verso l'alto.

Sembrano di gelatina ma fanno il loro lavoro e riesco a raggiungere il nodo successivo. Spingo ancora e poi ancora. La mano raggiunge il bordo dell'apertura e, presa dalla disperazione, le gambe scivolano via. Non riesco a evitare un urlo e me ne pento subito.

Le gambe si agganciano ancora e l'appoggio è sufficiente per permettermi di staccare anche l'altra mano e afferrare il bordo dell'apertura. Mi sollevo fino a issarmi goffamente e non appena sono sul pavimento in legno tiro su la corda. Chiudo la botola e faccio un sospiro di sollievo quando noto che c'è anche un chiavistello. Lo chiudo. Tremante, il sedere all'insù e la faccia sul pavimento di legno, mi metto a piangere in silenzio.

35

«Eleanor!»

Sento la voce. Carmichael è nel giardino.

Non sono del tutto stabile, ma cerco di raggiungere la finestrella per guardare fuori.

E se lui mi vede? Se mi sente? Però devo sapere dov'è.

Sollevo la testa giusto a sufficienza per guardare oltre il bordo. Lui è sul prato, a metà tra la casa e l'albero. Sta guardando verso un lato del giardino. Espiro piano. Non ha ancora capito dove sono.

«Eleanor, lo so che sei qui.» Il professor Carmichael sembra calmissimo. «Chiunque sia cresciuto in questa città conosce le scorciatoie. Lo sappiamo tutti come arrivare a casa dei Masterson.» Scuote la testa come a sottolineare quanto sono sciocca. «Voglio solo parlarti. Lascia che ti spieghi.»

Anche se non mi può vedere, scuoto la testa.

«Devi capire che è stato tutto un grosso malinteso. Non volevo far del male ad Angus.»

Un malinteso? Ma sì, certo. Le persone si accoltellano per sbaglio.

«Quel ragazzo ha un cervello davvero incredibile. È un fenomeno. Potrebbe cambiare il mondo. E lo stavamo facendo, insieme.»

Lo osservo mentre si gira lentamente e muove la testa per captare un movimento tra gli alberi del giardino.

«La madre è morta quando lui era un bambino. E mia moglie sta morendo della stessa malattia. Ma Angus aveva una teoria. Ha continuato a fare ricerche da quando è mancata. Te l'ho detto: è un genio.»

Nonostante la paura e la rabbia mi sporgo. Voglio sentire bene.

Carmichael si muove per il giardino e la voce si fa più forte o più debole a seconda di dove si trova rispetto al mio nascondiglio. «Circa un anno fa, quando ha saputo della mia Susan è venuto da me con i suoi appunti. Non potevo crederci. Ho parlato con degli amici, gente che lavora nell'ambito della ricerca. Si sono presi gioco di me. Mi hanno detto che un ragazzino di una cittadina di provincia, senza alcuna esperienza, non poteva avere la soluzione. Ma io credevo in Angus Marshall. Io e nessun altro.»

Sento il cambio di tono della rabbia che sale e provo un brivido.

«Allora gli ho detto che avremmo fatto da soli, io e lui. Avevamo le attrezzature. Però la cosa è diventata dispendiosa e avevo bisogno di soldi. Non volevo coinvolgerlo in questa cosa, te lo giuro. Avevo solo bisogno di soldi.»

La droga. La droga era solo un modo per finanziare

l'altro lavoro. Un tuffo al cuore. Non voglio provare dispiacere per Carmichael, ma un po' è così.

«Avevo delle regole. Regole su a chi potevano venderla, quegli idioti. Dove potevano venderla. Ma sono diventati avidi e non mi ascoltavano. Dovevo fermarli. Lo capisci? Non avevo scelta.»

Infila una mano in tasca e tira fuori qualcosa. È un oggetto piccolo, di metallo lucido e color crema. Se lo rigira in mano. Lo fa ruotare come uno di quei giochini che avevamo tutti all'asilo.

Si gira verso di me e mi nascondo, anche se sono sicura che non mi possa vedere tra i rami. Mi riporto lentamente in posizione fino a che gli occhi sporgono appena dal bordo della finestra e guardo. Che cos'ha in mano? Smette di farlo girare, qualunque cosa sia, e con uno scatto veloce, da un'estremità esce una lama. È un coltello. È piccolo, ma è pur sempre un coltello, con cui accoltellare. Mi si torce lo stomaco e ci appoggio una mano sopra. Cerco di mandar giù il bolo che mi si è formato in gola. Mi viene da vomitare.

«Ci siamo così vicini. Lo so. Lo so che è così. La posso salvare, Eleanor. Non la lascerò andare. Angus mi ha detto che te lo ha raccontato. E tu sei l'unica che lo sa. Quindi, come puoi ben capire, dovevo parlare con te. Dovevo sapere quel che tu sapevi e a chi lo avevi detto. Capisci?»

Mi accovaccio, col respiro pesante e appoggio la testa contro la parete, sotto la finestra. Sento la sua voce che cambia mentre si avvicina all'albero del pepe.

Chiudo i pollici in un pugno stretto. Prego in silenzio. Ti prego, non guardare su, non guardare su.

«Ah, una casetta sull'albero» dice Carmichael sotto di me.

Merda. Deve aver guardato su.

«Ciao, Eleanor.»

36

Mi guardo intorno freneticamente. Ci sarà qualcosa che posso usare per difendermi. Forse posso trovare un oggetto pesante da buttare in testa al professor Carmichael da quassù? Vedo una collezione di libri di *Harry Potter* in una cassa sul pavimento. Gli ultimi volumi della serie erano particolarmente pesanti. Potrebbero andare bene.

Ma dai, Eleanor! Mi arrabbio con me stessa e con il mio panico. Non sono Willy il Coyote e Carmichael non è Beep Beep. È assurdo.

Ci sarà qualcosa da mangiare? Potrei rimanere qui per sempre. Gli altri avranno ricevuto il mio messaggio. No? Di sicuro prima o poi qualcuno verrà a cercarmi.

Penso a Troy e Barb e al papà di Troy, che non ho ancora mai visto. E se il messaggio non fosse partito prima che il telefono si spegnesse? E se arrivano tutti a casa e Carmichael li attacca ed è tutta colpa mia? No. Di sicuro non attaccherebbe Barb. È piccola, ma fa paura.

«Eleanor, non puoi rimanere lassù per sempre.» La voce di Carmichael interrompe la mia spirale di pensieri. Vorrei dirgli che ci si sta molto bene e che invece potrei rimanerci per un bel po', ma non dico niente.

«Non voglio farti del male» dice. Come se fosse mia la responsabilità, nel caso succedesse.

Non mi piace per niente, anche se sua moglie sta morendo.

«Da quand'è che sua moglie è ammalata?» dico alla fine e lui fa un verso sotto di me. Ci siamo sorpresi entrambi.

«Da tre anni, ormai» risponde.

«E lei lo sa? Di quel che sta succedendo.»

«No!» Carmichael sembra soffrire mentre lo dice. «Non lo deve sapere. Lei deve solo pensare a riposare e guarire.»

Faccio una pausa, prima di parlare ancora. «Cosa pensa che direbbe se lo sapesse?»

Lui risponde troppo in fretta. «Lei non vuole morire. Lo so. Non mi vuole lasciare. Vuole fare tutto quel che è necessario.»

Non sono convinta che ammazzare adolescenti e spacciare droga siano nel pacchetto di "quel che è necessario" per Susan, ma capisco.

Guardo fuori dalla finestra e mi chiedo cosa posso dire adesso. Ho la sensazione di averlo solo fatto arrabbiare e probabilmente non era la mossa migliore. La vista da quassù in mezzo ai rami è fenomenale e mi sento un po' in colpa per aver criticato la casetta di Troy in passato. È fichissima. Credo che si possa vedere anche la città e, tagliando qualche albero nel mezzo, pure casa mia.

Si sta facendo buio e vedo delle lucine in lontananza. È un'automobile? Sì, credo sia un'automobile che viene in questa direzione.

Mi si riempie il cuore di speranza.

Dietro c'è un altro paio di luci e ancora più indietro, un terzo paio. Si muovono lentamente, come lucciole. Comincio a sentirmi più coraggiosa.

«La sa una cosa, professor Carmichael?» urlo, sperando di distrarlo, se quelle sono davvero delle auto in arrivo.

Lo sento che armeggia sotto di me.

«Lo capisco» dico. «Cioè, io non ho una moglie ma so che se capitasse a Min farei tutto quel che serve.»

Deglutisco al pensiero. Lo farei? Farei davvero qualunque cosa? Ammazzerei qualcuno se pensassi che lo merita? Se servisse a salvarla? Allontano il pensiero dalla testa e continuo.

«Quei ragazzi erano solo dei tossici sfigati. Cioè, lei stava solo cercando di salvare sua moglie, giusto? Avrebbe potuto salvare anche tanta altra gente.»

«Lo vedi!» Carmichael sembra sollevato. «Tu lo capisci. E l'aveva capito anche Angus. È per quello che voleva aiutarmi. Cercavamo di salvare delle vite. La vita di Susan. Altre persone come lei. Come la madre di Angus.»

Si sente una voce provenire dall'altra parte del giardino. «Non puoi essere tu a decidere chi deve salvarsi e chi no, Bradley.»

Aspetta un attimo, chi è Bradley? Mi sposto verso l'altra finestra e vedo Barb, la madre di Troy, in piedi sul portico posteriore. Capisco che Bradley è Carmichael. L'espressione triste e delusa sul volto di Barb mi dice che lei conosce il signor Carmichael molto più di me.

«Figurarsi se non è Barbara Masterson a dire a tutti cosa devono fare» dice Carmichael sarcastico.

«E cosa pensi di fare, Bradley? Accoltellare anche me?» Non capisco se la sua mossa è stupida o coraggiosa, ma sento del rumore sotto di me e percepisco la tensione.

Sblocco lentamente il chiavistello della botola e la sollevo piano piano. Lui è proprio sotto di me. Da qui riesco a vedere bene il coltello, ma non so se riescono anche gli altri. Vorrei urlare: «Ha un coltello!» ma non sono sicura che sarebbe d'aiuto. Richiudo la botola, e rabbrividisco al rumore dello scatto. Butto l'occhio sulla cassa con i volumi di *Harry Potter*. Forse sono davvero Willy il Coyote. Mi sposto per prendere la cassa. Non riesco a sollevarla neanche di un millimetro. Fantastico. Mi guardo le braccia stecco. Devo aggiungere anche il sollevamento pesi, oltre alla corsa, al mio programma di allenamento. Prendo qualche libro dalla cassa. Sono pesanti, ma non credo abbastanza da mettere fuori gioco qualcuno. Rischio solo di farlo arrabbiare.

Guardo dalla finestra. Barb e Carmichael stanno ancora parlando e, sotto di me, lui ha cominciato a camminare avanti e indietro. Sento la voce andare e venire. Un lampo bianco di lato attira la mia attenzione. È

Troy. È nascosto dietro un cespuglio vicino al bordo del portico.

Mi sposto verso l'altra finestra e vedo Alfie, accucciato vicino al capanno da giardino. Più in là, fuori dal campo visivo di Carmichael, ma non dal mio, c'è un uomo più vecchio e alto con una zazzera di capelli rossi. Il padre di Alfie?

Mi giro verso la finestra posteriore. I rami sono più fitti da quella parte e oltre il giardino della casa ci sono solo dei prati aperti. Mi sporgo dalla finestra e guardo giù. Dietro la siepe che delimita il perimetro della staccionata vedo una testa di capelli neri lucenti. Namita. Ci sono tutti. Sono qui per me.

Torno alla finestra che dà verso Troy e, in lontananza, dietro il tetto della casa, vedo altre lucciole lungo la strada. Non è ancora del tutto buio, quindi non illuminano il cielo, ma sono quattro paia, insieme ad altre luci rosse e blu. Sta arrivando la polizia.

Mi gonfio di coraggio. Non c'è via di scampo per lui. Siamo salvi.

«Etcciù!» Uno starnuto vicinissimo. E non è di Carmichael. È dietro di noi. Namita.

Il silenzio è totale.

Il professor Carmichael fa ruotare il coltello e ispeziona il giardino. Lui sta andando in panico e a me si stringe lo stomaco di nuovo. Non sta riflettendo. Non è razionale. Non azzardarti a far del male alla mia amica!

Barb urla. Ha visto il coltello adesso.

«Taci!» Carmichael le grida in risposta.

Mi tremano le gambe. Non so cosa possa fare adesso

che ha tutti gli occhi puntati addosso, ma non sono neppure sicura che questo sia sufficiente a fermarlo. Guardo di nuovo dalla finestra e non vedo più Namita. Dov'è andata?

«Chi c'è?» Carmichael riprende a camminare.

Guardo ai miei piedi e vedo la fune che ho usato per salire e la cassetta di plastica con dentro i libri. Mi chino e lego un capo a uno dei manici. Le mani sono sudate e scivolano sulla corda spessa. Sono stata negli scout per un mese, qualche anno fa, e non mi ricordo niente. Un nodo triplo è il meglio che posso fare.

Apro di nuovo la botola della casetta. Adesso vedo bene il professore che cammina avanti e indietro sotto di me. Parla tra sé, con la mano sulla testa. Io mi siedo a terra e uso la forza delle gambe per spingere la cassetta in direzione dell'apertura. Sposto il sedere più vicino alla cassetta, piego le gambe, i piedi contro un lato.

«Ehi, professor Carmichael!» urlo. «Tutto a posto, lì sotto?»

«Eleanor?» Sento bene la voce dalla botola. Chiudo gli occhi e spero che vada tutto bene. Spingo i piedi, la cassa e la corda, con tutta la forza che ho in direzione del buco nel pavimento.

37

Quando trovo il coraggio per muovermi e andare a guardare giù dal buco, sta succedendo tutto. Carmichael è a terra e Namita, il padre di Alfie, Barb e due poliziotti sono tutti lì, praticamente addosso a lui. Mi sono preoccupata per Namita, ma adesso ricordo come ha trattato quel tipo alla festa e mi rendo conto che è una vera forza e avrei potuto lasciare che se la gestisse da sola. A ripensarci, buttare giù una cassa di libri poteva essere un po' esagerato.

Tutti urlano e imprecano – a imprecare è più che altro il padre di Alfie – e poi all'improvviso spariscono e io mi sento in colpa perché cadendo le sovraccoperte dei libri sono venute via e un paio di volumi si sono anche rovinati.

Nell'apertura sbucano una faccia sorridente e un paio di occhi azzurri.

«Ciao!» dice Troy. «Hai bisogno di una mano per scendere?»

Lui mette un piede sulla cassetta ora vuota per tenerla ferma e con una mano afferra la corda.

Io cerco di uscire con eleganza dalla botola, ma mi scivola il piede al primo tentativo. Mi aggrappo, terrorizzata, e guardo giù. Quanto meno Troy ha la decenza di distogliere lo sguardo e non puntarlo sotto la mia gonna mentre scendo. Il cuore batte all'impazzata e anche se vedo la polizia che porta via il professor Carmichael, sento un po' di nausea e la testa che gira.

«Stai bene?» Troy si volta non appena sente i miei piedi toccare terra.

Annuisco e lo guardo. Siamo vicinissimi l'uno all'altra e sento il suo respiro in faccia.

Mollo la fune e mi sgranchisco le dita. Con il dorso della mano sfioro le nocche di Troy e il cuore quasi si ferma quando lui allunga il mignolo e aggancia il mio.

«Ottimo» dice piano.

«Eleanor!» sento un urlo dall'altra parte del prato e vedo Min che mi corre incontro.

Troy fa un passo indietro, giusto in tempo per lasciare che lei mi avvolga in un abbraccione.

«Oh, Leni! Sono tornata a casa e la porta d'ingresso era spalancata e c'erano due tazze di tè e poi ho visto che la porta del bagno era tutta rotta e c'era il telefono sul lavandino! Quindi non ce l'avevi con te. Te lo porti sempre dietro. E la finestra del bagno era aperta. Non sapevo neanche che si aprisse!»

Fa un passo indietro, le mani ancora strette alle mie braccia e mi guarda dalla testa ai piedi, quasi non credesse che non sono ferita. Quando si convince che sono tutta intera, mi stringe in un altro abbraccio. Dietro di lei, Troy mi sorride.

«Ho chiamato subito il sergente» continua Min. «Lei mi ha detto di restare dov'ero. Io ho messo in carica il telefono e l'ho acceso e ho chiamato il tuo amico Alfie e...»

«Abbiamo ricevuto il tuo messaggio mentre venivamo via dall'ospedale» interviene Alfie, che ora è dietro di me.

Mi giro e vedo che al suo fianco ci sono suo padre e Namita. Lei mi corre incontro e mi dà un abbraccio breve ma intenso.

«Siamo così contenti che tu sia viva!» Gli occhi sgranati, forse più per l'eccitazione che non per la preoccupazione per me. Le sorrido.

«Papà doveva accompagnare a casa Namita, per questo era con me. Troy era appena salito in macchina con sua madre e abbiamo capito immediatamente cosa volevi dire.» Alfie parla anche più veloce di Min e devo concentrarmi sul labiale per capire tutto. «Be', non è che abbiamo proprio capito che era il prof Carmichael, ma abbiamo capito "mandate aiuto" e la parte della "casa sull'albero".»

«Troy ci ha chiamati e ha detto di seguire la sua auto e nel frattempo abbiamo organizzato un piano, nel caso lui avesse cercato di scappare» si intromette Namita e Alfie le rifila un'occhiataccia.

Ora parla lui di nuovo: «Abbiamo chiamato Holly e le abbiamo detto di venire qui e ci siamo nascosti tutti, fuori dalla vista del prof, ma in contatto tra noi, così potevamo controllarlo e...» la bocca di Alfie si muove a velocità supersonica.

«Ehi!» Il sergente Holly Williams sta venendo verso di noi con espressione severa. «Basta chiacchiere adesso, per favore. Tutti con me al commissariato. Voglio raccogliere le vostre dichiarazioni. Signorina Chandra, deve farsi raggiungere da un genitore o un tutore.»

Namita si lamenta. «I miei genitori? Così non mi lasceranno mai più andare da nessuna parte oltre che a scuola per il resto della mia vita.» Si ferma perplessa. «Forse neanche a scuola. Forse dopo questa cosa mi faranno studiare da casa.»

«Ci parlo io con loro se ti fanno storie, Namita.» Barb si è unita a noi sotto l'albero e tiene Troy per il braccio, forse con un po' troppa forza. «Hai contribuito a salvare Eleanor e anche a prendere un assassino, ragazzina. Dovrebbero essere molto fieri di te.»

«Chi mi difenderà se sarai tu ad arrabbiarti con me?» scherza Troy mentre lei continua a stringerlo con affetto.

«Sono felice che stiate tutti bene. È terribile che un uomo così possa far parte del sistema scolastico. Il preside mi sentirà.»

Troy mi fa l'occhiolino. Barb è decisamente tornata nei suoi panni, e tutto è bene quel che finisce bene.

38

A quanto pare per poter stare a casa da scuola un giorno è sufficiente essere inseguita da un insegnante psicopatico-assassino-produttore di droga. Min mi ha detto che domani posso prendermi una pausa. Fantastico.

Prima, al commissariato di polizia e dopo aver detto tutto quel che c'era da dire a Holly, Min ha decretato che avremmo dovuto andare a casa e prenderci un po' di riposo. A dirla tutta credo che fosse più che altro seccata da Barb – che continuava a guardare di traverso i capelli rosa di Min – che non mossa da preoccupazione genitoriale, ma va bene lo stesso. E tra l'altro adesso non abbiamo neanche più l'insegnante di chimica, una materia in meno di cui preoccuparmi. Devo proprio dire che chimica non fa per me. Spero di essere ancora in tempo per cambiare il piano di studi.

Si è fatto tardi, ma il mio cervello continua a lavorare. Io e Min siamo nel suo letto. Le luci sono spente e lei dorme. Il suo respiro è abbastanza forte da disturbarmi, anche se non si può dire che russi. Non ho più dormito con lei da quando ero piccola, ma mi sono sentita molto sollevata quando me l'ha proposto. Il corpo è a pezzi e mi sembra di non riuscire neppure a muovermi per mettermi in una posizione più comoda.

Non riesco quasi a credere a tutto quel che è successo. Una settimana fa pensavo di non avere alcuna possibilità di farmi degli amici e invece adesso ne ho un bel gruppetto. Amici che sono stati letteralmente pronti a salvarmi la vita.

Muovo le spalle per tirare più su il piumino, o forse per scivolare più giù io. Credo che la stagione stia cambiando e comincio a sentire più freddo. Forse resteremo qui abbastanza da vedere l'inverno.

Ripasso mentalmente i fatti dell'ultima settimana. Angus che brontola e si incasina con il raccoglitore rosso. Il sorriso sghembo di Troy, la gentilezza nei suoi occhi azzurri e il suo interesse per quello che gli altri hanno da dire. I capelli sparati di Alfie e le sue parole a mille all'ora. Gli abbracci scarni e rigidi di Namita e le sue idee ancora più rigide. Gli occhioni ingenui da mucca di Ethan, le ciglia lunghe e lo sguardo serio. Il sorriso gentile di Camille, con quella sua fossetta. Sospiro, contenta.

Ripenso all'autobus e alla moto, alla festa e all'ospedale e alle sterpaglie che mi hanno graffiata, protetta e salvata. Penso al professor Carmichael e a come dev'essere amare così tanto una persona da essere pronti a fare anche cose orribili.

E in questa settimana non ho letto neanche un libro. Non ho avuto tempo. E a proposito di libri, mi sento ancora male per quelle sovraccoperte strappate. Di solito io le tolgo, prima di leggerne uno con la copertina rigida. Così non si rovina ed è bellissimo poi leggere un libro che non ha niente né davanti né dietro, tranne forse una sottile incisione.

Sbadiglio e sistemo di nuovo le spalle. Tiro il piumino fino al mento. Chiudo gli occhi.

«Eleanor, Eleanor!» Min mi sta scuotendo e anche attraverso le palpebre chiuse capisco che è giorno fatto. Stringo gli occhi e poi cerco di aprirli. Sono come bloccati e tutti appiccicosi. Devo aver dormito un sacco.

«Cosa… che succede?» Mi sento intontita e non riesco a svegliarmi.

«Devi chiamare i tuoi amici e farli andare all'ospedale. Si tratta di Angus Marshall.»

Mi alzo di scatto sul letto e apro gli occhi.

«Che succede? Non è…? Non è morto, vero?» Mi strofino gli occhi e giro la testa da una parte all'altra. Sembra tutto nuvoloso.

«No!» Min mi lancia una giacca. «Tutto il contrario, direi. Si è svegliato stamattina presto e, stando ai referti, andrà tutto bene. È dolorante ma mangia e parla. Vuole vedervi.»

Ci mettiamo un po', ma alla fine lo troviamo. Ho aspettato fuori dall'ospedale che arrivassero e poi, insieme a Troy, Alfie e Namita, sono entrata. Angus non era nel suo letto, il che è stato piuttosto stressante per tutti, in special modo per gli infermieri. Alla fine un'infermiera, di ritorno dalla pausa, ci ha dato l'indicazione giusta.

L'abbiamo trovato dall'altra parte dell'ospedale, sistemato in una sedia a rotelle accanto al letto del suo migliore amico: Ethan Griggs.

Ci stiamo stretti, tutti e sei in una stanza. Alfie ha trovato un'altra sedia da qualche parte e Namita si è sistemata ai piedi del letto di Ethan, facendo attenzione a non appoggiarsi alla gamba rotta. Troy si è messo sul bracciolo della mia poltrona, tutti seduti davanti al letto di Ethan e ad Angus che ci guarda con espressione felice.

Abbiamo appena finito di raccontargli cos'è successo mentre era privo di conoscenza.

«Sapevo che ne sareste venuti a capo» dice.

«Be', sì, ma avresti potuto fare le cose un po' più semplici» brontola Namita e toglie un pelucco immaginario dalle lenzuola bianche del letto di Ethan.

«Angus, adesso però devi dirci come sei finito in mezzo a questa storia.» Scuoto la testa. Sembra tutto così assurdo, specialmente ora che gli abbiamo riportato gli avvenimenti della settimana.

«Mi sono chiuso in un guscio, quando la mamma è morta.» Angus guarda Troy mentre lo dice. «Ho tagliato fuori tutti. Tu. Il papà.»

Troy scuote la testa, ma Angus fa spallucce e continua a parlare.

«Ero ossessionato. Dalla malattia. Dalle cure. E poi, quando sono diventato più grande, dalla ricerca che andava avanti nel mondo. Da quel che si diceva sull'argomento. Il signor Carmichael era il mio professore di scienze in ottava. Era fantastico. Mi incoraggiava ed era interessato a tutto quel che avevo da dire. Si è anche messo in contatto con delle persone per sostenere le mie idee.»

Mi rendo conto, mentre Angus parla e io faccio i conti in testa, che a quel punto la moglie di Carmichael doveva già aver ricevuto la diagnosi. Non dico nulla.

«Non ricevendo conferme, lui ha suggerito di andare avanti per conto nostro. Io gli ho detto che ci servivano dei soggetti su cui sperimentare e a quel punto mi ha parlato di sua moglie. Passavo un sacco di tempo in laboratorio e anche se sapevo di farlo per un motivo molto serio, mi divertivo. Mi piaceva da matti.»

Angus lascia cadere le spalle e ci guarda con espressione colpevole. Io sono davvero infuriata con il professor Carmichael. Come ha potuto mettere così tanta pressione addosso a una persona?

«Quando abbiamo cominciato a essere a corto di materiale il prof ha preso a lavorare su qualcos'altro. Non ci ho messo molto a capirlo. Aveva letteralmente progettato di produrre metanfetamina nel laboratorio della scuola.» Angus scuote la testa incredulo. «Credo che è stato a quel punto che ho capito che la cosa gli stava sfuggendo di mano. Ho pensato che forse potevo aiutarlo. Ho pensato che potevo studiare una variante che fosse un po' meno dannosa, che desse meno dipendenza. Lo so» dice sollevando le mani, anche se nessuno di noi ha detto nulla. «Sono un ingenuo. Pensate che non ho nemmeno mai fumato una sigaretta. Cosa potevo saperne della droga?»

Un pensiero mi passa per la mente e devo chiedere. «I due ragazzi più grandi. Quelli che sono morti prima che io arrivassi. Credi che sia stato il prof Carmichael?»

Angus abbassa la testa e sospira. «Sarei dovuto andare alla polizia. Adesso lo so. Ma c'ero dentro fino al collo e non sapevo cosa fare. Quando il primo ragazzo è morto, non ci ho pensato più di tanto. Non è passato al telegiornale. È uscita solo una breve notizia online, e anche in quel caso non sembrava niente di che. Dei drogati che litigano tra loro. Nessuno ci ha fatto caso.

«Però quando hanno trovato anche il secondo cadavere, ho realizzato subito. Era un tizio che avevo visto a scuola, quando lavoravamo nel weekend. È stato lì che ho capito che le cose si stavano mettendo male. E poi è andata anche peggio, perché la formula che avevo sviluppato era molto più dannosa di quel che avevo immaginato. Sapevo che dovevo fare qualcosa.»

«Hai dato fuoco al laboratorio» dico, mentre metto insieme tutti i pezzi nella mia testa. «E ti sei ustionato il braccio.»

Angus annuisce. «Sì, esatto. E gli ho detto che anche tutti gli appunti erano bruciati, ma lui non mi ha creduto. All'inizio ha pensato che avessi dato tutto a Ethan.» Angus guarda il suo amico nel letto. «Perché lui sapeva che io gli davo lezioni. E devo ammettere che era un po' spaventato da te.»

Namita ride, ma poi chiude subito la bocca. Lei e Ethan si scambiano uno sguardo che mi fa sorridere.

«Quindi quando ti ho visto, con tutti gli appunti sparpagliati...» voglio che sia lui a continuare.

Lui mi sorride. «Ero nervoso perché stavo cercando di trasferire le formule in un altro raccoglitore. Tutte quante. Il lavoro che avevo fatto sulla cura per la malattia e sull'anfetamina. Avevo bisogno di una prova di quel che il prof C stava facendo. Quel che anch'io stavo facendo. Poi dovevo mettere tutti gli appunti in un posto dove nessuno potesse trovarli finché non avessi deciso a chi dirlo. Tu sei stata così gentile con me. Era da parecchio tempo che nessuno era carino con me. Non ho avuto il coraggio di dirti che sapevo perfettamente quel che stavo facendo in biologia.»

Mi appoggio allo schienale. Mi sento stupida, ma anche orgogliosa di me, per aver fatto sentire bene una persona.

«Stavi leggendo Agatha Christie. Pensavo che ti sarebbe piaciuto un po' di mistero e avevo intenzione di confidarti tutto, quando ci saremmo incontrati per studiare. Dovevo dirlo a qualcuno. Questa cosa mi stava logorando. Poi il professor Carmichael mi ha chiesto di incontrarci e di dargli gli appunti, altrimenti avrebbe detto tutto a mio padre. Ne ha già passate troppe. Non si meritava anche questa. Quindi ho annullato il nostro appuntamento, Eleanor, e mi sono messo d'accordo per vedermi con il prof C alla Sunny. Ethan e io a volte andiamo lì a studiare e speravo che magari sarebbe arrivato. E poi è andato tutto storto.»

Angus porta le mani sulla pancia e non c'è bisogno

di essere uno scrittore di gialli per capire che è quello il punto in cui è stato colpito.

Troy si schiarisce la voce. «Devo scusarmi con tuo padre, Angus. A un certo punto ho pensato che ci fosse lui dietro a questa faccenda.»

«Tutti quanti l'abbiamo pensato» ammetto io.

«Aveva tutti quei soldi...» dice Alfie e poi si porta svelto le mani alla bocca.

Angus annuisce. «I soldi dell'assicurazione. Per la morte della mamma. Ci ha messo tutti questi anni a ottenerli... c'era una marea di clausole e documentazione da produrre e ci ha combattuto a lungo. Lo sapeva anche il professor Carmichael. Gliel'avevo detto. E credo che abbia anche pensato di poter raggirare papà per farsi dare i soldi.»

«Quindi... adesso che succede? A te, intendo.» Sono abbastanza curiosa. Mi dà l'idea che fabbricare droga, anche se sei solo uno studente delle superiori e c'è un adulto, che è anche un insegnante, che ti guida, resti comunque un reato punibile.

«Non lo so» ammette Angus. «Ho parlato con la polizia stamattina. Gli ho detto tutto e credo che stiano cercando di capire cosa farne di me.»

«Ma tu hai cercato di mettere fine a tutto» dice Namita perplessa. «Dovrà pure contare qualcosa!»

«Qualunque cosa succeda ora, devo solo ringraziarvi. Per tutto.» Angus ci guarda uno per uno.

Troy sembra avere una rana in gola quando finalmente inizia a parlare. «Hai sempre avuto degli amici qui, fratello.»

«Sì, è vero.» Ethan allunga la mano e strizza il braccio di Angus. «Tu mi hai aiutato quando nessun altro voleva farlo. Farò tutto il possibile per aiutarti.»

Siamo tutti d'accordo e io sospiro. Sento un groppo in gola e mi pizzicano gli occhi. Questa è l'amicizia. Nessun giudizio. Tanto supporto. E un mucchio di sincerità.

39

Mentre usciamo dall'ospedale, Alfie e Namita si stanno beccando su chi è più intelligente.

«Io sono stata quella che ha scoperto la formula negli appunti» dice Namita.

«E io ho capito il messaggio di aiuto e della casetta sull'albero...» ribatte Alfie.

«Ma per favore. Tutti quanti abbiamo capito quei messaggi.»

«Io per primo.»

Io e Troy ci fermiamo sul marciapiede. Non vedo Min da nessuna parte.

«Credo di doverti ringraziare per avermi salvato la vita» dico con un sorriso.

Siamo tutti e due girati dalla stessa parte, abbastanza vicini perché le braccia si tocchino.

«Eleanor, credo che tu ti sia salvata da sola. È stato davvero incredibile.»

Io inizio a protestare, ma lui mi ferma.

«Hai capito la storia del raccoglitore e avevi ragione su Ethan. Avevi ragione su tutto. Sei molto sveglia, Eleanor Jones.»

Sento un calore che parte dalla pancia e sale fino al petto. «Sì, lo sono.» Sorrido e raddrizzo le spalle. «Grazie, Troy.»

Lui mi sfiora appena le mani con le dita e io mi sento avvampare.

«Ehi, voi due!» La voce di Alfie risuona dall'altra parte del vialetto. Io e Troy ci allontaniamo di un passo. Mi giro e lo guardo. Noto che le sue guance sono di un rosa intenso e, per come mi sento, devono esserlo anche le mie.

Alfie si piazza tra noi due e appoggia le mani sulle nostre spalle.

«Ben fatto, ragazzi. Siamo stati bravi!»

A cosa si riferisce?

«Di cosa stai parlando, Alfie?» chiedo.

«Di questa faccenda da investigatori amatoriali. Cioè, il grosso del lavoro l'hai fatto tu Eleanor, ma ti abbiamo aiutata.»

Rido. È proprio incredibile. «Se vivere a Cooinda è sempre così, non so se sono pronta per tutte queste emozioni.»

«Credo che sia stata tu a portarne un bel po'.» A Troy brillano gli occhi mentre sorride a me e ad Alfie. «Ma spero lo stesso che tu rimanga.»

«Anch'io» dico rivolta a tutti, ma Alfie si è già distratto e sta litigando con Namita sul nome esatto di una specie di fiore nel giardino accanto a noi.

Il suono secco e acuto del clacson di un'auto attira

la nostra attenzione. Barb fa segno a Troy dalla sua quattroruote lucente.

«A quanto pare il tuo passaggio è arrivato» dico.

«Anche il tuo.» Indica col mento un punto alla mia destra. Io mi giro e vedo Min venire verso di noi.

«Ci vediamo domani, allora» gli dico. «Sarai sull'autobus?»

Troy mi fa un piccolo cenno e un altro sorriso. «Puoi contarci.»

Ringraziamenti

Nonostante molti abbiano l'immagine dello scrittore chiuso nella sua stanza a battere su una tastiera, è impossibile portare un libro al punto in cui un lettore lo tiene tra le mani (e, sperabilmente, se lo sta godendo!) tutto da soli. Si tratta di un lavoro di squadra. E per questo libro non è andata diversamente.

Eleanor Jones non esisterebbe senza la mia cara amica, mentore e grande sostenitrice: Katrina Nannestad. Kate, senza di te non avrei superato le ventimila parole. Grazie per il tuo sostegno, il feedback, le torte, l'incoraggiamento a farmi andare avanti con le pagine e per la tua bellissima casa! Sei unica nel tuo genere; un incredibile regalo per il mondo. Sono davvero fortunatissima ad averti dalla mia parte.

Eleanor non avrebbe mai trovato la sua strada nel mondo senza la mia straordinaria editor, Mary Verney. Sono così contenta che tu abbia preso in mano quella prima pagina! La tua attenzione ai dettagli è decisamente superiore e ti sono grata per aver amato Eleanor Jones quanto l'ho amata io. Grazie anche alla mia editrice Zoe Walton, alla designer di copertine Christa Moffitt e a tutti quelli di Penguin Random House. Ringrazio anche il mio fantastico agente, Alex Adsett, che è un vero raggio di sole. Sono emozionata e orgogliosa di far parte di questo incredibile angolo del mondo letterario.

Negli ultimi anni ho avuto la fortuna di essere stata circondata da un gruppo di talentuosi scrittori locali. Mi hanno mostrato ciò che è possibile fare e mi hanno fornito comprensione e motivazione lungo il cammino. Chris Kennett, Lauren Mitchell, Carmel Bird, Lorraine Marwood, Lorena Carrington, Jess Anastasi, Pam/Juno Harvey, Melinda Charlesworth, Laurelle Cousins: adoro i nostri momenti di incontro e tutti voi mi ispirate più di quanto possiate immaginare.

A Cecile Shanahan, la mia prima lettrice e editor: sei fantastica e bravissima in ciò che fai, e la tua generosità è incommensurabile. E a Tania Ryan, compagna di scrittura e lettrice beta: mi piace che tu assecondi ogni domanda, idea e pensiero che ho riguardo alla mia scrittura narrativa, non vedo l'ora di leggere il tuo libro.

Il mio incredibile piccolo club del libro: tutti voi mi avete insegnato quanti modi diversi di leggere e amare i libri esistano e le mie giornate sarebbero molto vuote senza la nostra mirabolante chat Instagram. Siete la squadra migliore: grazie Lozzy, Joanie, Leah, Cec, Tan, Issy, Bree, Georgia, Lizzy, Em, Bee e Melissa.

Grazie Bryley Savage per essere la persona più solidale del mondo e per essere sempre disponibile a discutere di tutte le cose che probabilmente non hanno bisogno di essere discusse; a Karen Beet, per la sua cieca fiducia che io sia sempre sulla strada giusta; e a Vicki McMaster, che sa dire sempre la cosa giusta al momento giusto e ha salvato la situazione più volte di quanto possa contare.

A Holly Lembke – la mia poliziotta Holly. Grazie per il tuo intuito, l'attenzione, la solidarietà e la capacità; aspetto altri pranzi e nuove domande casuali e bizzarre. E grazie Helen Harrington, che rispondi sempre ai miei astrusi quesiti medici senza esitazione.

Grazie anche ai bibliotecari e ai librai che condividono la loro passione e conoscenza con il mondo, come faremmo senza di voi? Una menzione speciale alle Wendy di Bookish.

Eleanor Jones è stato scritto sulla terra dei Dja Dja Wurrung e sono grata per i consigli e i feedback che ho ricevuto su questo meraviglioso luogo – specialmente a Jodie Chatfield, e un ulteriore ringraziamento a Jamie Rooney per la sua consulenza esperta.

A tutte le incredibili ragazze adolescenti e preadolescenti nel mio mondo (e alle loro fantastiche madri): Jorja, Emme, Larni e Holly, Stella, Audrey, Bella e Chloe, Sienna e Amelie, Jorja e Alexa, Sienna, Maya, Mali, Lexi ed Ellery, Cate e Mim, Zoe, Summer, Riley – spero che continuiate tutte a essere intelligenti, forti, intraprendenti e straordinarie. Eleanor Jones è un po' di ognuna di voi.

Alla Eleanor Jones originale: sono così emozionata che tu (e anche voi, Jacqueline, Matt e Veronica) abbia accettato tranquillamente che io ti rubassi il nome... è davvero fantastico!

E infine grazie ai miei meravigliosi ragazzi: la mia famigliola. Grazie Rod, per aver creduto in ogni mia idea insensata e per avermi incoraggiata a metterle in atto, e grazie Oscar e Sebastian, che credete che io possa fare qualunque cosa. Vi amo immensamente.

Questo libro è stampato fabbricato da Grafica Veneta S.p.A.
con un processo di stampa e rilegatura certificato 100% carbon neutral
in accordo con PAS 2060 BSI

Finito di stampare nel mese di aprile 2024
per conto di RCS MediaGroup S.p.A.
da Grafica Veneta S.p.A., Trebaseleghe (PD)
Printed in Italy